お墨付き

かぶき平八郎 荒事始2

麻倉一矢

時代小説

二見時代小説文庫

百万石のお墨付き——かぶき平八郎荒事始《あらごとはじめ》2

目次

第一章　百万石のお墨付き

一

（妙な……）

豊島平八郎《とよしまへいはちろう》は、湯けむりを透かして彼方《かなた》に揺れる人影をうかがった。

白い裸身の女が、ほの白い月光に浮かびあがっていた。なぜか湯船の縁に立ち、こちらに背を向けている。

甲斐《かい》の国、大月《おおつき》宿外れの湯治湯《とうじば》である。

ただの湯客のようにも見えるが、尋常ではないのは背一面の彫り物であった。琵琶《びわ》を抱え、薄布を風になびかせた豊満な天女が、女の肩口から腰のくびれまで、大胆に描かれている。

(弁財天《べんざいてん》か……)

平八郎は、ふと月を見あげた。

黒雲が流れ、雲間からくっきり月が顔を出している。まばゆいほどの満月である。

奇妙なことが起こった。ふと目を戻すと、女は忽然と消えているのである。

(ふうむ……)

平八郎は、深々と湯に身をひたした。

半年前、この地で平八郎は激しい死闘をくりひろげた。

将軍御側取次《おそばとりつぎ》有馬氏倫《ありまうじのり》と大奥の女主天英院《てんえいいん》が、七代将軍徳川家継《とくがわいえつぐ》の生母月光院《げっこういん》が贔《ひ》屓《いき》の役者市川團十郎《いちかわだんじゅうろう》に贈った黒羽二重《くろはぶたえ》に目をつけた。第二の絵島生島《えじまいくしま》事件を企《たく》んでのことであったが、平八郎はその野望をすんでのところでうち砕いてみせたのであった。

だがその際、甲斐の土豪石原《いしはら》家に多くの犠牲者を強《し》いたため、平八郎と團十郎は、弟子をともない甲斐北東塩山《えんざん》の地まで弔《とむら》いの旅に出たのであった。

大御所《おおごしょ》市川團十郎をはじめ、付き人たちの声が夜風に乗って聴こえてくる。賑やかに酒を汲みかわしながら、句会を開いているのであった。

と、今度は背後で微かな鈴の音があった。

消えた女の反対側、燃えさかる宿の篝火《かがりび》を背に、女はまたこちらに背を向けて湯につかっている。

(何者か……)

平八郎は、険《けわ》しい双眸《そうぼう》を女に向けた。

「豊島平八郎さまでございますね」

女は、平八郎に背を向けたまま低く語りかけた。

「いかにも――」

平八郎は、すばやく岩の上に置いた差料《さしりよう》に目を走らせた。かなりの距離がある。

「ご懸念にはおよびませぬ。けっして怪しい者ではござりませぬ」

女はそう言って、ゆっくりと平八郎に顔を向けた。

月明かりに浮かびあがるその面貌は陰影の濃い目鼻だちで、黒目はことにくっきりと大きい。

黒髪を無造作に後ろで束ねていた。三十路《みそじ》は越えていようが、一党を束ねる者としてはかなり若い。

「歩き巫女《みこ》望月《もちづき》党を束ねる者にて、夏《なつ》と申します」

月明かりの下、女は湯を分けてゆっくりと平八郎に近づいた。

「歩き巫女といえば、その昔、武田《たけだ》家に仕えた望月千代《ちよ》を頭《かしら》とする忍びの一党であったな、その縁《ゆかり》の者か」

「よくご存じでございまする。その末の者にて、今は甲府《こうふ》藩の禄《ろく》を頂戴しております」

「して、その歩き巫女がそれがしに何用……」

「じつは、藩ご重役白井清兵衛《しらいせいべえ》さまより、豊島さまへご伝言を預かっております」

「はて、白井殿から……」

白井清兵衛は、半年ほど前、甲斐での死闘を終えて江戸に戻った平八郎に、その後の顚末《てんまつ》を、丁寧な筆致で知らせてくれた人物である。

甲府藩では、大番頭《おおばんがしら》の地位にある重臣と聞いている。

平八郎は豊島を名乗っているが、養子縁組前のもとの姓は白井で、清兵衛とは遠い親戚にあたるという。白井一族は妙見《みょうけん》信仰で堅く心を結びあい、交流を重ねていた。

「しかし、そなたがまこと白井殿のご使者である証《あかし》は？」

「ご懸念には及びませぬ」

微かに鈴の音がなり、物陰からもう一人女が現れると、音もなく平八郎に滑り寄った。鍛えた四肢が、野生の生き物のように俊敏に動き、やがて平八郎の眼前、湯の縁に立った。

旅よごれた白衣、長い髪を無造作に後ろに束ねている。細い錫杖《しやくじよう》と手燭《てしよく》を握っていた。

女は懐《ふところ》から九曜紋《くようもん》の印籠《いんろう》を取り出すと、平八郎に差し出した。九曜紋は妙見菩薩を信仰する白井一族の家紋である。

「いかにも白井殿のものと見た」

平八郎がうなずくと、女はさらに懐中から一通の書状を取り出し、手際よく手燭を翳《かざ》した。

平八郎は湯の縁に歩み寄り、灯りの下、遠縁の者からの書状に急ぎ目を通した。

その文面は、呆気《あっけ》ないほど手短なものであった。

――藩の存亡にかかわる事態が発生している。一枚の書き付を、江戸の甲府藩邸まで届けてほしい。

たったそれだけの内容である。

「虫のよいお願いではございますが、ここは豊島さまにおすがりするよりない、ぜひにもご承諾願いたい、と白井は申しております」

夏はそう言って、じっと平八郎をうかがった。

「して、藩の存亡にかかわる事態とは……？」

「ここで、委細を申し上げることはできませぬ。ただ、甲府藩の領地替えにかかわることとのみ、お含みおきくださいませ」

「領地替えか……」

もし真《まこと》であれば、たしかに甲府藩にとって一大事であろう。

昨年、甲府藩が幕府に楯突いた報《むく》いとして、将軍吉宗《よしむね》の周囲が用意したものかもしれなかった。だが、それはあくまで藩内部の問題であり、浪人の身の平八郎に大事を託す理由がわからない。

「すでに幕府密偵黒鍬者《くろくわもの》が多数領内に潜入し、藩の動きを探っております。また幕府に内通する不届き者もおり、先日書き付を持ち出《しゅったつ》立した藩士は、予測せぬ襲撃にあい、すんでのところで舞い戻りました」

「それゆえに、それがしに。ならば事情がわからぬでもない。他ならぬ貴藩の大事、受けてさしあげたいのはやまやまなれど、あいにくお引き受けしがたい理由がある」

「それは……」

「大切な連れがあり、その方々にご迷惑はかけられぬ」

夏は面《おもて》を曇らせ、配下の者らしい女と顔を見合わせた。

「されど、中村座御一行さまは、いまだ密偵の網にかかっておりませぬ。すでに藩士五名が囮《おとり》となって先発しております。敵の目は、そちらに向かいましょう。万に一つも、ご迷惑をおかけすることのないよう尽力いたしまする。なにとぞ、なにとぞ、この一件、お引き受けくださりませ」

「はて、そこまで調べをつけておられるか。しかし、大御所はじめ一座の皆様は、武士の争いには無縁の方々。やはり危険な目におあわせすることはできぬ……」

いかに江戸での守護神と頼られる市川團十郎とその弟子筋とはいえ、刀の扱いもろくに知らない町人なのである。それに、大御所にもしものことがあれば、平八郎は江戸の芝居好きに申し開きが立たない、と思った。

「藩の大事でございます。ご迷惑はおかけいたしませぬゆえ、ぜひにも」

二人の女は、岩場に片膝をつき、深々と頭を下げた。

「まあ、ようございましょう」

闇の中に、突如男の声があった。

岩影の向こうから、黒い人影が姿を現した。

夏の脇で、もう一人の女が咄嗟《とっさ》に手燭を吹き消し、懐中の手裏剣《しゅりけん》を探った。

「待たれよ」

平八郎が、あわててそれを制した。

岩陰から、男の裸身が姿を現した。引き締まった小づくりの体に、イタチのような愛嬌のある顔がこちらをうかがっている。

弥七《やしち》であった。

「この男なら心配せずともよい。大御所市川團十郎殿の付き人で、弥七さんだ。元はれっきとした伊賀同心《いがどうしん》だがな」

「流石《さすが》の隠行《おんぎょう》、気がつきませんでした」

夏は弥七を見かえし、手燭を灯すよう女に命じた。

弥七は、ざぶんと湯につかると、さらに歩み寄って平八郎の脇に立った。もともと、湯に入るつもりで来たらしい。

「話は、聞かせていただきやした。このたびは、大御所の黒羽二重を守るために、甲府藩にはずいぶんとご迷惑をおかけしました。大御所だって、話を聞けば四の五《しご》のおっしゃるはずもねえ。むしろ、なぜ引き受けなかったとお叱りを受けるかもしれねえ。」

「だがな、弥七さん」

それくらいの侠気、あのお方にだっておありだ」

「いえいえ、ここはあっしと平《へい》さんでしっかり大御所をお守りすればいいことで。ただしこの話、余計な心配をおかけすることになりますので、大御所にはひとまず内緒にしておきやしょう」

「ううむ」

弥七の話に引きずられて平八郎が頷くと、二人の女の相貌に深い安堵の色が宿った。

「して、その書き付とやらは今何処《どこ》に――？」

「これにございます」

夏が取り出したものは、幾重にも畳んだ油紙に包んだ掌大の書状である。

「これを、何処に届けよと申される」

「追って、ご連絡申しあげます」

「ここでは明かせぬと申すか。念の入ったことだ」

苦笑いして平八郎が書き付を受け取り、岩場に置いた大刀の下げ緒にくくると、遠くで、賑やかな人の気配がある。

句会を終え、大御所團十郎一行が外湯に浸かりにこちらに向かってくるのが見えた。

気がつけば、夏と望月党の女は、手燭を吹き消し、小さな水音とともに、何処かに消え去っていた。

二

甲州上野原宿《こうしゅううえのはら》は、甲府藩領最後の宿場で、その六町十八間の街並みは新町と本町に分かれ、交代で伝馬《てんま》の繋ぎ立てを行っている。

その先はもう江戸で、手前に堺川《さかいがわ》という名の関所が待ちうけている。

『新納街道細見《しんのうかいどうさいけん》』には、

――これより江戸に入るに、女出いるべし。男上下とも手形いらず。

とあり、女は手形が必要だが、男は手形が不要という、比較的緩やかな関所であった。

「もうすぐ上野原の宿場で。ここまで来れば、江戸は目と鼻の先、人の通りもずっと増えてまいりやす。甲斐の国とも、そろそろお別れのようで」

先頭に立つ弥七が、歩みを止めて振りかえり、後からついてくる一行に向かって声をあげた。

大御所に、その弟子の八百蔵《やおぞう》、門之助《もんのすけ》、左団次《さだんじ》、それに弥七、佳代《かよ》の夫婦が加わって、平八郎を入れて総勢七名、のんびりした帰り旅である。

大御所をはじめ弟子たち三人も、小ぶりの道中差しが、身を守る武器のすべてであった。

平八郎が、甲府藩重臣白井清兵衛から大切な書き付を託されたことを知る者は、弥七とその女房佳代しかいない。

いちど通った道だけに、大御所も弟子の三人もすっかり気がゆるんで、弥七と平八郎を、街道沿いの光景を眺めながら後方からゆったりと追ってくるのであった。

むろん、平八郎も弥七も警戒を解いていない。藩の命運を左右する書き付だけに、狙う者も懸命のはずである。

「黒鍬者とは、どのような奴らだ」

平八郎が、足を速めて弥七に並びかけた。弥七は伊賀同心であっただけに、幕府の内情に詳しい。

「いえね、もともと城づくりや穴掘り、橋造りなど、卑賤な仕事をしていた連中ですが、戦国の世になると敵状の視察や、破壊活動にも従事するようになって、隠密ばたらきを兼ねるようになりやした」

「なるほど。工兵のような者らしいが、なにゆえ密偵の真似事をするようになったものか」

平八郎には、そのあたりのからくりがわからない。

「諸国を流浪する金山衆《かなやましゅう》や、木地師《きじし》、山伏《やまぶし》などとも会う機会が多く、いろいろ情報が入ってくるわけで。そんな事情から、しだいに重宝《ちょうほう》がられるようになったようです」

「されば、忍びと思うてよいのだな」

「まあ、そんなところで。伊賀、甲賀の者のようには器用に動けませんが、火薬の扱いはなかなかのもので」

「ほう」

「さらに幕府は、紀州から来た御庭番《おにわばん》に大奥から弾《はじ》き出された伊賀同心を加えて、今じゃ黒鍬者は二百を越える大所帯になっているそうで」

「ならば弥七さん、こたびは仲間だった連中を敵にまわすことになるのだな」

「なあに、もうすっかり足を洗ったんで縁のねえ連中でさ。かまいやしません」

そう言ってのけたが、弥七の顔には苦渋《くじゅう》の色がありありと浮かんでいる。

相手は手強《てごわ》い密偵集団、このままなにごともなく江戸入りを許すはずもないと思われ、なんとか敵の目に触れずに江戸入りできれば、と弥七は願っているはずであった。

街道と並ぶように、渓流が山ひだを縫って蛇行している。

その水音に誘われたのか、

「平さん」

大御所が、後方から声をかけた。

河原に下りてみようというわけである。

「大御所は、すっかり俳聖《はいせい》芭蕉《ばしょう》気取りでございますね」

弥七が軽口を叩き、平八郎と顔を見合わせて困った顔をした。

平八郎は、やむをえぬことと諦めて頷いた。

大御所市川團十郎は、二代目を継ぐ前の二十代、芭蕉の高弟宝井其角《たからいきかく》に就いて熱心に俳句を学び、柏莚《はくえん》という俳号で、句集さえ出している。大御所の俳諧趣味は本物なのである。

「なんともいえぬよいところだな」

渓流の飛沫《しぶき》がかかるほどの岩場に立って、大御所は大きな声をあげた。

渓流の冷気に、微かに梅の香が混ざり合っている。

「いっそ、ここで句会を開くのもいい」

大御所の言葉に、さすがの平八郎も青ざめた。

「先生、そろそろ陽も暮れます。宿場はもうすぐでございますよ。句会は宿についてからでも」

弥七が大御所をなだめ、袖をひいた。

大御所は残念そうに渓流沿いに歩きだすと、一行がぞろぞろと従《つ》いていく。

やがて川沿いの小道はさらに狭まり、土砂で塞《ふさ》がれて、ついにそこで途切れてしまった。

「これは困りました」

佳代が眉をひそめ、亭主の弥七と顔を見合わせた。

「引きかえすよりあるまいよ」

大御所が、諦めたようにそう言った矢先、

「あっ、あそこに小さな路が——」

佳代が、左の土手を指さした。

細い杣路《そまみち》が上方に延びている。

半ば草に覆われているが、草を払って道を探しながらすすめば、街道に出られるかもしれなかった。

その杣道を下生《したば》えを踏みしめてすすむと、なるほど路は小高い丘を上っていく。だが、路はまた下りはじめ、やがて鬱蒼《うっそう》とした木々の梢が天を塞ぐ森に分け入っていき、ついには陽差しの方角さえわからなくなってきた。

「こいつは困った。これじゃあ、どっちに向かっているのかさえわからない」

大御所がそう言うと、弟子の門之助が相弟子の左団次と顔を見合わせ狼狽《ろうばい》した。

三

杣路は、やがて下りにさしかかった。鬱蒼とした木立の中をさらにすすんでいくと、やがて木々の梢越しに荒い水音が聴こえてきた。急な下り坂を駈け下りてみると、やがてもとの渓流が視界一面に広がった。

山間を縫って流れてきただけに、岩場の多いこのあたりはなかなかの激流である。

大御所はその流れに見惚れていたが、ふと、

「たしか、この川は街道沿いに流れていたね」

と、弥七に声をかけた。

「へい、たしかそうでした」

「ならば、この川に沿っていけばいい。街道に上っていく路もきっと見つかるよ」

大御所は、安堵して皆を励ました。

渓流沿いのごろごろとした岩場を、縫うようにして小路が続いている。

水飛沫がかかるほどの川沿いの岩場を跳《は》ねながらすすみ、やがて一行は吊り橋にさしかかった。

だが、綱の一本が落ち、橋が半ば水に浸かっている。

「これは困ったな……」

平八郎は、岩場に立ってあたりをぐるりと見まわしたが、他に路らしい路はない。

「おや、平さん」

弥七が、あらためて切れた綱を手にとってみた。刃物のようなもので断ち切られている。

二人は、鋭くあたりを睥睨《へいげい》した。

微かに気配がある。

前方の叢《くさむら》が、ざわめいていた。

「おいでなすったな、弥七さん」

「そのようで」

弥七は皆のところまで飛んで戻ると、背にかばい脇差しの鯉口《こいぐち》を切った。

平八郎が一人、吊り橋のたもとに残っている。

人相のよからぬ百姓風の男たちが十数人、バラバラと平八郎の前方に展開した。いずれもぶ厚い蓑《みの》を被り、編笠《あみがさ》で面体《めんてい》を隠しているが、殺気だったその気配からみて、土地の百姓とはとても思えない。黒鍬者の一団にちがいなかった。

手に手に鎖鎌《くさりがま》を持っている。左手に鎌を握り、右手の鎖を放って、相手の刀に絡め、動きを奪ってから鎌でしとめる仕掛けらしい。

腰の一刀差しは、忍びの用いる丈《たけ》の短い直刀《ちょくとう》である。

一団の中でも、ひときわ大柄な男が腕を組んだまま中央に佇んでいた。どうやらこの男が一団の頭目らしい。

身長は七尺を越えていよう。肩幅も常人の二倍近い。黒の袖無し羽織に旅袴、この男だけが長丈の直刀を背負っている。

「うぬらは山賊か。それとも……」

平八郎は大御所の手前、あえて黒鍬者の名は出さない。男たちは黙って薄笑いを浮かべた。

「橋を落としたのはうぬらのようだな」

「だったら、どうする」

頭目らしい長身の男が一歩前に出て言った。

「橋を落として道を塞ぐとは、乱暴きわまりない。山賊にも、山への慈しみはあろう」

「あいにくだが、我らは山賊ではない。うぬらに用があって待っておった」

「なんの用向きだ」

「とぼけるな。預かった物があろう」

「そのようなもの、あろうはずもない」

「ならば、腕ずくで奪うまでだ」

組頭らしい長身の男が刀の鯉口を切った。

「これは困った。喧嘩はよしにしようじゃないか。すっかり金を遣い果たし、持ち合わせは僅かだが、ありったけの金をやろう。その代わり、街道まで案内を頼む」

大御所が、そう言って懐を探った。

「しらばっくれるのはやめておけ。先刻甲府藩の腰抜け侍を三人捕らえ、うぬら一行がお墨付きを託されことを白状させた」

「お墨付き……?」

大御所が、弟子の八百蔵と顔を見合わせた。

「舌を咬まぬようにして、耳と鼻を削いでやったら、ようやく白状した。おまえたちにも同じことをしてやろうか」

「悪い冗談はやめておくれ」

　ぶるんと体を震わせた八百蔵が、仲間の二人と顔を見合わせた。

「あくまでシラを切るか。町人や浪人風情《ふぜい》にはかかわりのないものだ。さっさと預かったものを置いて消えるがいい」

「それは無理であろう。橋がなければ何処へも行けぬ」

　平八郎が、苦笑いして言った。

「ぬかしおる。どうやらこ奴ら、刃向かうようだ」

　組頭が、左右をかえり見て、

「殺《や》れ」

　冷やかに命じた。

　それを合図に、男たちが低い態勢で平八郎に急迫し、頭上で回した鎖を次々に平八郎に向けて叩きつけた。

　平八郎は、咄嗟《とっさ》に屈んでそれをかわした。

　風切音とともに、分銅が平八郎の頭上を過《よぎ》り、孤を描いて戻っていく。

　平八郎にかわされた鎖鎌の数人が、戻って来た分銅を摑んで、刀を抜き払い、撥ねるような身軽な体《たい》さばきで素早く撃ちこんできた。

それを前方に転じて袈裟《けさ》に斬り下げると、平八郎はつっこんできたもう一人を逆袈裟に斬りあげた。

賊は、平八郎の鮮やかな太刀筋に驚いて、わっと四方に散った。

「不甲斐ない奴らだ！」

組頭が、体を大きく捻《ひね》って背の一刀を抜き放ち、いきなり平八郎に迫った。

「黒鍬者奥山伝七郎《おくやまでんしちろう》、相手をいたす」

左右から荒い刃風を立てて撃ちこんでくる。筋のよい剣ではないが、荒々しい剛剣である。

平八郎はその勢いに圧《お》されて、後退《あとじさ》った。背後は、暴れて蛇行する渓流である。

伝七郎と自ら名乗った男は、平八郎を追いつめたと見てニヤリと笑った。

「まいる」

叫ぶや、伝七郎は上段にとった大刀を平八郎の頭上に殺到させた。

その時、平八郎は滑るような歩はこびで前に転じていた。

ひるがえった平八郎は、男の肩口に一撃をあびせている。溝口《みぞぐち》派一刀流〈左右転化《さゆうてんか》出身《しゅっしん》の秘太刀《ひだち》〉である。

だが、平八郎の刀は弾き返されていた。

伝七郎は鎖帷子《くさりかたびら》を着けている。

平八郎は舌打ちした。

「大御所、早く！」

弥七は、團十郎と佳代、三人の弟子を促し、杣路を駈けあがった。

平八郎は、残った黒鍬者をぐるりとねめまわした。

と、前方で低く身構えた鎖鎌の男が、いきなり弾かれたように前に崩れた。

一文字手裏剣を、背に、後ろ首に喰らっている。

あちこちで草擦れの音がして、巫女姿の女たちが十名ほど、いっせいに姿を現し、賊の背後にまわった。

女たちは仕込みの杖を抜き払い、白刃《はくじん》をきらめかせている。

中央に立つのは、まぎれもない大月の湯治場に現れた甲斐望月党の女夏であった。

賊は慌てて女たちに向き直り、次々に分銅を叩きつけた。

それを錫杖の鞘で受けとめた女たちが、踏みこんで斬りつける。

鞘で引き寄せ、前のめりになった男たちを両手で拝み斬りするその一撃は、女ながらになかなかに力強いものであった。

（なかなかやりおる）

平八郎は、夏に向かって微笑みを向けた。

男たちの誰かが叫んだ。

それを合図に、編笠の男たちが蜘蛛《くも》の子を散らすように森の中に逃げこんでいく。

「さ、今のうちです。先へお急ぎくださりませ」

スルスルと駈け寄ってきた夏が、平八郎の耳もとで囁いた。

「助勢、かたじけない」

平八郎は、急ぎ大御所の一行を追い、柄《つか》がしらを握りしめ、駈けだした。


森が暗い。夕闇が迫り、晴れわたっていた空にいつの間にか雨雲が広がって、雨粒がパラパラと平八郎の額を濡らしはじめた。

ほの暗い森の中に、大御所ら一行の姿はなかった。

平八郎は、さらに森を深く分け入った。やがて杣路は、ふたたび渓流に向かって下っていく。

四半刻（三十分）ほどの後、平八郎は渓流のほとりの水車小屋前で、ひと息入れた。と、その水車小屋の扉が開き、佳代が飛び出してきて、

「平さん、ここですよ」

青ざめた顔で手招きした。

小屋の中では、大御所と弥七、それに三人の弟子が敵の目を逃れて潜んでいるという。

佳代の話では、道すがら黒装束の男が二人、先まわりして待ちかまえていたが、弥七をはじめ大御所や一座の男衆が脇差しで奮闘し、かろうじて撃退したという。

だが、大御所は、腕に浅い傷を負ってしまったというのであった。

水車小屋に入ってみると、なるほど、薄暗い山小屋の奥で六人の姿がうずくまっている。

大御所は、青ざめた顔の弟子たちに囲まれ、二の腕をはだけて、襦袢《じばん》を裂いてつくった包帯で応急処置をしてもらっているところであった。

見慣れぬ娘が、大御所の傍らにいた。

付近の村の娘で朱美《あけみ》という。この水車小屋で蕎麦《そば》粉を作っていたという。水車小屋は挽臼《ひきうす》も備えた立派なもので、蕎麦を精白するだけでなく、粉にすることもできるらしい。

娘は突然現れた六人に怯《おび》えたが、事情を知って小袖を裂き、包帯を作るなど、大御所に献身的な治療を施したという。

　水車小屋は薄暗く、杵《きね》が撃つ重い木音だけが響きわたっている。

「平さん、えらい目にあったよ」

　大御所は、平八郎にほっと溜息《ためいき》をつき、安堵の顔を向けた。

「ご無事でしたか。こたびはご心配をおかけしました」

「いやあ、大したことはない。私の棒振り剣法でも、なんとか追い払えたんだからね。公儀隠密も、近頃はずいぶんと腕が落ちたようだよ」

　大御所は、黒鍬者を中村座にたびたび出没していた御庭番と勘ちがいしているらしい。

「どうせ、黒羽二重を狙っているんだろう？」

　平八郎は弥七と目を合わせ、そのまま御庭番でいくことにした。

「いやあ、まったく信じられません。大御所の立ち回りは大したものでしたよ。さすがに江戸の守護神、成田不動の生まれ変わりと騒がれるだけのことはある。立派に闘いなすった」

　弥七が、大御所を元気づけて持ちあげた。

「いや、八百蔵も門之助も、左団次もよく闘ってくれたよ。頼りない脇差しで応戦してくれたんだからね。数で勝ったってことだろうか」

「それで、お怪我は」

平八郎が、大御所の脇に屈みこんで訊いた。

「なに、ほんの擦り傷さ。この娘さんに手当してもらったんで、もう大丈夫だよ。ちょうどこの人が持ちあわせていた薬草を使って手当してくれたんで楽になった」

大御所は目を細めて朱美という娘を見つめ、満足そうに微笑んだ。

「それにしても、街道に戻るのはちょっと危のうございますな」

平八郎が不安げに言うと、

「そこで、この朱美さんの案内で山を抜け、関宿《せきやど》に出ようということになったんで」

弥七が平八郎に伝えると、弟子たちも揃って頷いた。

「なに、話を聞けば、関宿はほんの四、五十町先というじゃないか。今夜のうちに着けそうだ」

さいわい土地勘は、朱美という娘のほうが黒鍬者に優《まさ》っている。朱美は、土地の者だけが知る山路を抜けていくと言う。

平八郎も、その案にむろん異論はなかった。

「されば大御所、お辛いでしょうが、すぐ発ったほうがいい」

慌ただしく支度をととのえ、一行が水車小屋を離れた時には、雨も小糠雨《こぬかあめ》に変わっていた。村娘朱美の案内もあって、国境《くにざかい》までの道は思いのほか苦にならなかった。

四

その翌日も夕刻になって、江戸に戻った平八郎は利兵衛《りへえ》長屋の裏木戸前で妙な侍が五、六人たむろしているのに気づいた。

夕闇の中、背をこちらに向けているので面体《めんてい》はさだかではないが、いずれも筋骨逞しい屈強な男たちである。

その身のこなしに忍び特有の俊敏な動きはなく、御庭番とも思われなかったが、さりとて数をたのんで待ち伏せするようすはやはりただごとではない。

侍の一団は、訝《いぶか》しげな眼差しを向ける平八郎に気づき、ボソボソと呟きあうと、やがてそそくさと立ち去っていった。

(はて、何者であろう……?)

不審に思いつつ、家の腰高障子《こしだかしょうじ》を開けると、部屋の灯りが消えている。

夜五つ(八時)を過ぎているというのに、総領息子吉十郎《きちじゅうろう》の姿はなかった。

（また夜遊びか。懲りぬ奴めが……）

苦笑いして外に出ると、お光《みつ》の家にはまだ灯《とも》りが点っている。

平八郎は、その綺麗に磨きあげた腰高障子を開けた。

「戻ってきたよ」

「あっ、平さん……、心配していたんです」

針仕事に精を出していたお光が、その瓜実顔《うりざねがお》にありありと安堵の色を浮かべて立ちあがると、小走りに玄関口まで駈け寄ってきた。平八郎はこのお光を、借金を形《かた》に迫る米問屋角間伝兵衛《かくまでんべえ》の手から救い出し、以来、気ごころも知れて家族のように接している。

「まあ、なにごともなかった。無事に帰ったよ」

平八郎は、飾らない笑みをお光に向けた。

甲斐で幕府の密偵と死闘を演じたなどと、口が裂けても言えるものではない。だが、お光の心配は、そのことではなかった。

「ここ幾日も、裏木戸に変な男たちがたむろしているんです」

ついさっき見かけた男たちにちがいなかった。

「私も見たよ。何者であろうな」

「それが、毎日のようにやってきて、あそこにたむろしているんです。長屋の皆さんも気持ち悪がって……。それで、昨日ぼろ鉄《てつ》さんが後を付けてみたら、なんでも柳《やぎゅう》生藩の上屋敷に入っていったんですって」

ぼろ鉄は江戸市中を特ダネを求めて駈けまわる瓦版《かわらばん》屋が稼業だけに、探索はお手のものである。

「柳生藩……？」

妙な話と、平八郎は首を傾げた。

柳生藩になど、平八郎はむろんのこと、吉十郎にかかわりがあろうはずもない。

刀の下げ緒を解いて腰を下ろし、お光の淹《い》れてくれた茶で体を暖めると、ひと心地つく。

「吉十郎の姿が見えないが……」

「平さんが甲斐に行ってから、お局《つぼね》さまの家に行ったきり。もう何日も帰ってないんだから」

お光は平八郎に、吉十郎の面倒を、と頼まれた手前、困っているようであった。

「お局さまか……」

平八郎も、あきれて後ろ首を撫でた。

月光院の下で働いていたお局たちは、絵島生島事件の後大奥を追われ、たがいに助け合い、ひとつ屋根の下で暮らしている。

半年ほど前、天英院の覚え書をめぐる御庭番の襲撃を受け、家を焼かれてしまった経緯から、平八郎は吉十郎を警護につけてやっているのであった。

だが、それを口実にしてお局の家に入りびたりとすれば困ったものである。

お局方は、大奥奉公のあいだに身につけた得意の芸で生計を立てている。吉十郎は三味線を歳若い吉野《よしの》に、長唄を越路《こしじ》に師事し、芸をひとつひとつ覚えているらしい。

（よほど居心地がよいらしいが、いちどようすを見に行かねばなるまい……）

平八郎は、ひさしぶりにお光の用意してくれた高菜の茶漬けで小腹を満たし、お局方の住む本所尾上町《ほんじょおのえちょう》の〈女御ケ島《にょうごがしま》〉へと向かった。


賑やかな三味《しゃみ》の音に、平八郎はまばゆそうにその町家を見あげた。

黒塀越しに、松の枝が風に揺れている。

元気のいい音がしているのは、華美を嫌う将軍吉宗によって、新たに大奥を追われた元中臈《ちゅうろう》の吉野であろう。

（留守中、どうやらなにごともなかったようだ……）

安堵の吐息をつき、平八郎は勝手知った数寄屋《すきや》造りの瀟洒《しょうしゃ》な町家の玄関をがらりと開けた。

三和土《たたき》で草履《ぞうり》を脱ぎ、中にあがりこむと、開け放たれた奥の十畳間から賑やかな三味の音が聴こえてくる。

思いがけないことに、三味線を弾いていたのは息子の吉十郎であった。

その脇に、唯念寺《ゆいねんじ》の住職勝田玄哲《かつたげんてつ》の姿もある。

先代将軍家継の生母月光院の父勝田玄哲は、反天英院、反吉宗派の黒幕として尾張《おわり》藩と結びつき、将軍位継承時の闇を暴こうと動いているが、絵島生島事件の闇を探る平八郎の立場と重なる部分も多く、このところ日を追って昵懇《じっこん》となっている。

「吉十郎、いつからそのようなことを憶えたのだ」

平八郎が、あきれ顔で問うと、

「もう、かれこれ三月《みつき》になりまする」

吉十郎は平然と言ってのけ、吉野と顔を見合わせた。

「父上がお留守のあいだは、ずっとこの家でご厄介になっておりました。吉野どのが、ほれこのように放してくれませぬゆえ、否が応でも上手《うま》くなります」

吉十郎は鼻の下を長くして、ちらちらと吉野をうかがった。

「なんの手ほどきを受けているのやらわからぬな」

刀を投げ出し、息子の隣に座りこむと、

「まこと、お局に囲まれての歌舞音曲、まるで将軍になったような気分であろう」

すぐ隣で勝田玄哲が面白そうに言い、平八郎にほどよく燗のついた酒をすすめた。

「吉十郎、剣術の稽古はいかがいたした」

「それが、相手になる者がおりませぬ」

真顔でそう言う吉十郎を、平八郎は訝しげに見かえした。

吉十郎の語るところでは、浅草瓦町《あさくさかわらまち》にある溝口派一刀流道場を訪ねたところ、同じ溝口派一刀流ではあるものの、会津《あいづ》の師範井深宅兵衛《いぶかたくべえ》に学んだものとは流れがちがい、会津藩士池上安道《いけがみやすみち》の開いたいまひとつの溝口派一刀流という。

そのため、あたかも他流試合の様相となり、吉十郎は敵意をもって対決を強いられたが、結局のところ、その居並ぶ門弟たちを苦もなくうち破ってしまったという。

「溝口派一刀流は、今や諸国に伝搬《でんぱ》しているると聞きおよびまするが、江戸にはまずろくな道場はないと見ました」

吉十郎は、平然と言ってのけた。

「増長《ぞうちょう》するでないぞ、吉十郎」

平八郎はあきれて、厳しく諫《いさ》めた。

「父上の申されるとおり、そのことを肝に銘じ、他流の道場も訪ね、立ち合いを求めましたが、なかなか応じてくれるところはなく……」

「なに、他流試合まで挑んだと申すか！」

平八郎は、またあきれかえった。

「いけませぬか」

「いずれの道場にまいったのだ」

「山口流《やまぐちりゆう》、新当流《しんとうりゆう》、それに心形刀流《しんぎようとうりゆう》でございます」

「ううむ。して、いかがした」

「それが、わずかの金子《きんす》を手渡し、お引き取り願いたい、と申すのです」

平八郎は、怒る気力も失くして吉十郎を見かえした。

それにしても、この話は意外であった。江戸の道場は、何処も他流派と立ち合いたがらないらしい。

「それは、あたりまえだ。いずれの流派も、もし万一他流との勝負に負ければ、流名に傷がつき、門弟を失ってしまう。それでは明日の飯にも困ることになるゆえ、金を与えて追いかえすか、弱いとみれば、徹底的に叩きのめすのだ。気をつけよ。吉十郎なれば問題なかろうが、まことに強い流派に出会えば半殺しの目にあわんともかぎらぬぞ」

勝田玄哲が、ちょっと脅かすように言った。玄哲もかつては加賀《かが》藩槍術指南役《そうじゅつしなんやく》をつとめていただけに、その間《かん》の事情はよく知っている。

「ところで吉十郎、おまえは柳生新陰流《しんかげりゅう》道場にはまいらなかったか」

吉十郎は、父の眼差しの険しさに一瞬ぎくりとして、

「たしかにまいりましたが……」

と口をもごつかせ、平八郎をうかがい見た。

「しかし、なにゆえにおわかりになったのです」

「そのようなこと、どうでもよい。およそ自信のない道場主は他流試合を拒もうが、将軍家指南役柳生新陰流の道場が、おまえごときを恐れるはずもない。試合《しあ》ったのだな」

「じつは、稽古をつけていただきました」

吉十郎、曖昧に言葉を濁した。

「やはり」

平八郎は、重い吐息とともに後ろ首を撫でた。

「まあ、そう怒るな。吉十郎はまだ若い。多少の無茶はしよう、のう」

　勝田玄哲が、吉十郎の肩をポンと叩くと、

「そうでございますとも」

　吉十郎が、合いの手を入れた。

「こ奴」

　平八郎は、またあきれて吉十郎を見かえした。

「吉十郎さまは、それだけお強いということでございましょう。将軍家剣術指南役柳生新陰流など、張り子の虎でございます」

　わけ知り顔で、吉野が言った。

「父上、これは道場破りではござりませぬ。稽古をつけていただいただけのこと」

「どのような稽古をつけてもらったというのだ」

「どのようなと申されても……。柳生新陰流には、あまりよい技はござりませんでした」

「妙だの。その門弟どもは、よほど腕の劣る者どもであったのだろう」

　勝田玄哲が、訝しげに吉十郎をうかがい見た。

「いえ、四天王を自称する高弟と立ち合いましてござります。我が一刀流は、柳生新陰流と並び、長らく将軍家剣術指南役をつとめてまいりましたゆえ、対抗意識があるものとみえ、次々に腕の立つ者を繰り出してまいりました」

「して……」

「休む間もなく挑んでまいりましたゆえ、いささか難儀いたしました」

「休む間もなく？　おまえ一人を相手にか」

「溝口派秘伝の太刀を、練習試合で見せるわけにもいかず、小野派一刀流より伝わる太刀筋のみにて相手をいたしました」

「いずれも勝ちを得たと申すのか」

玄哲が、興味深げに訊いた。

「むろんのことです」

お局たちのあいだから、溜息と喝采がほとんど同時にあがった。

「ただ、さすがに息があがってしまいました。あと三、四人が精一杯で、きわどいところでございました」

「危ないところであったな。してご師範は」

「さいわい、師範は留守中とかで、姿を見せませんでした」

「だが、高弟に勝ったのであれば、将軍家お家流の柳生新陰流には、さぞや禍根が残ろう。なにせ、こちらは二十歳《はたち》にも満たぬ若僧なのだからの」

玄哲が、不安そうに言った。

その話に、吉野は俄《にわ》かに不安になったとみえ、

「やはり危のうございます、吉十郎さま。もはや道場破りなど、お止めくださりませ」

腕にすがってそう言うと、

「よいのです。負けはいたしません。それに剣を究めんとする者は、志が大切。他流を恐れていては、上達は望めませぬ」

吉十郎は得意気に言い放ち、

「そうではござりませぬか」

と父に同意を求めた。

「ならぬ。剣の道は険しい。上には上があることを知れ。その増長慢で江戸の町をのし歩けば、いずれ危難に襲われよう。しばらくのあいだ、逼塞《ひっそく》しておれ。町を出歩いてはならぬ」

平八郎は、柳生道場の門弟たちのあの暗い陰りが只《ただ》ものではないことを思いかえした。

「そうだ。吉十郎はしばし頭を冷やして、しばらくここにおれ。いずれほとぼりも冷めよう」

勝田玄哲が平八郎に代わってさらに言うと、

「それでは吉十郎さま、しばらくは三味の稽古に明け暮れなさりませ。お父上のお許しも、いずれいただけましょうほどに」

吉野が、また吉十郎の腕にじゃれついた。吉十郎はにやにやと笑っている。

「吉野さんたら、もう吉十郎さまにつきっきりなんですから」

越路が眉をひそめてたしなめると、吉野は首をすくめ、越路を上目づかいに見て、舌を出した。

「それはそうと、平八郎」

勝田玄哲が、頭をつるりと撫で、ふたたび朱塗りの酒器を取りあげると、

「甲斐の酒は、どうであったな」

平八郎の盃になみなみと酒が注がれた。

お局方の心づくしの料理が次々に並ぶ。

焼き魚、煮豆、豆腐、味噌汁と、ことに珍しい品はないが、どれもお局方が心づく

しの手料理ばかりである。

「甲斐の〈七賢《しちけん》〉なる酒はなかなかでございました。盃を重ねるうちに旨みがつたわる辛口にて、したたかに過ごしました。それより、こたびは、甲府藩の難儀に立ちあうこととなりました」

平八郎は、お墨付きを託され、黒鍬者の襲撃を受けて、大御所にはからずも手傷を負わせてしまったことを、玄哲とお局方に語ってきかせた。

「それは難儀であったな。だが、なんのお墨付きであろうな」

玄哲も、お局方も、俄かに目の色が変わりはじめた。

甲府藩が反吉宗派にあって、天英院ならびに将軍吉宗派と懸命の暗闘をくりひろげており、幕府から圧迫を受けているだけに、けっして他人事《ひとごと》とは思えないようであった。

「それは、おそらく……」

平八郎の膳の支度をしていた越路が、話に割って入った。

「五代将軍綱吉《つなよし》公が、愛娼染子《そめこ》さまに生ませた嫡子吉里《よしさと》さまにお与えになったという〈百万石のお墨付き〉ではございませぬか」

「百万石のお墨付き……？」

玄哲が、目を丸くして越路を見かえした。

「はい。私どもは大奥でよくその噂話をしておりました。柳沢吉里さまは、実は綱吉公の落とし胤《だね》にちがいないと。もしそうであれば、吉宗公は、ご自身なにかとお引き立てを受けた五代様のご実子を、ひどく軽んじておることになりまする」

平八郎は、かつて甲斐への旅で〈百万石のお墨付き〉にまつわる話を弥七から聞いていたので、なるほどさもありなんと思えるのであった。

「なんでも、幕府は甲府藩の領地替えを企んでおるとか。それへの対抗策でしょう。柳沢吉里殿も、ここは後には退けぬところでございましょうな」

平八郎がそう言うと、玄哲も盃を置いて低く唸った。

「父上、甲府藩はその百万石のお墨付き、何処に持ちこむのでございましょう」

吉十郎が膝を乗り出して、父をうかがった。

「はて、老中会議あたりであろうか。いずれにしても、吉十郎、おまえにはかかわりのない話だ。控えておれ」

平八郎にしかられ、吉十郎は首をすくめて盃の酒を乱暴に仰いだ。

五

その翌朝、神田橋の甲府藩上屋敷に預かった書き付を届けようと、平八郎が黒の紋付袴に着替えていると、その甲府藩から平八郎のもとに使いの者が現れ、

——今夕、柳橋《やなぎばし》の船宿〈青柳《あおやぎ》〉にて、白井清兵衛がお待ちしております。

と伝えて来た。

日の落ちるのを待って、遊興客で賑わう柳橋に出向き、三味の音が絶えない賑やかな船宿の二階にあがると、すでに白井清兵衛は到着しており、平八郎を待ちかねたように出迎えた。

脇に、武家風の女人が控えている。驚いたことに、姿を変えた甲斐望月党首領の夏であった。

「上屋敷周辺には、密偵らしい者が徘徊《はいかい》しておりましてな、無用心ゆえ、ここにお越し願ったしだい」

清兵衛はそう言って、表に六名ほどの藩士が警護に当たっていると告げた。

障子を細く開けて表の通りを見下ろせば、なるほど屈強な武士が数人、表通りのこ

こかしこに佇んでいる。

「なに、豊島殿の腕をもってすれば、なにも心配はござるまいが、大切な書き付ゆえ、用心に用心を重ねましてござる」

白井清兵衛はそう言うと、居住まいを正し、

「いやいや、こたびはなんと御礼を申してよいやら言葉もござらぬ」

実直そうな顔をひきしめて、平八郎に篤《あつ》く礼を言った。

甲府藩の役職は大番頭とお歴々の一人だが、だいぶ腰の低い人物らしい。

よく陽に焼けた大顔で、山国甲斐の育ちらしく髪の色も濃く、眉も太い。

遠く先祖を同じくする白井一族の者というが、会津の叔父御白井五郎太夫《しらいごろうたゆう》や、馴染みとなった水戸藩の白井忠左衛門《しらいちゆうざえもん》とはずいぶんとようすのちがう人だ、と平八郎は思った。

平八郎は懐中から、望月夏に渡された書き付を、油紙の包みのまま白井清兵衛の膝元に差し出した。

「たしかにお渡し申した」

「かたじけない」

白井清兵衛は、急ぎ中をあらためて懐中に収めた。

「されば、失礼とは存ずるが」

清兵衛は懐中から朱の袱紗《ふくさ》を取り出し、

「これは、ささやかながら我が藩の志でござる。お受け取りいただきたい」

清兵衛は、袱紗にくるんだ拳大のものを平八郎の膝元に差し出した。

見たところ、切り餅で五十両はあろう。

「白井殿、そのようなことをなされるな。他ならぬ白井一族のそこもとの頼みゆえ、手をお貸ししたまでのこと」

「あいや、平八郎殿には命懸けのおはたらき、礼もできぬでは、我が藩の面目がたちませぬ。どうかお納めを」

「しかしながら……」

幾度か押し問答をしたが、平八郎はこうしたことが嫌いなので、

――されば、
金子《きんす》を受け取り、早々に袂に納めた。

大御所の傷の手当の代金と、役者たちの一杯に替えるつもりである。

「まずは一献」

平八郎は、清兵衛の差し出す大徳利の酒を朱の盃で受けた。

「ぶしつけながら、その書き付、いったい何が記されているのでござろう」

「他ならぬ豊島殿ゆえ、委細隠さずお話しいたそう」

清兵衛は一瞬目に光を宿し膝を乗り出すと、夏に小さく指示をした。

夏は色里風の絵が描かれた襖のところまで小走りに駈け寄ると、清兵衛に小さくうなずいた。

「じつは、これは五代将軍綱吉公が当家の主柳沢吉里様の御母堂染子様にお与えになられた書き付でござる」

「世に言う〈百万石のお墨付き〉でござるな」

「はて、なにゆえご存じか」

白井清兵衛が、驚いて平八郎を見かえした。

「なに、それがし、姉絵島の縁で、元大奥のお局方と交誼《こうぎ》を続けております。お局方はみな大の噂好きにて……」

「おお、さようか、それなれば話は早い」

白井清兵衛は、膝を打って得心し、

「まずは、なにゆえ我が殿がこの古き証文の埃を払い、手文庫から取り出してきたかをご説明いたす」

「おひとつ……」

見事に武家風の装いに変貌した夏が、手慣れた手つきで平八郎の盃に酒を注ぐ。

「じつはな、幕府は甲府藩の領地替えを企んでおるのでござる。吉宗公は、どうしても我が藩を甲斐から追い払いたいもののようじゃ」

「はて、それは昨年ご藩主が尾張藩と組み、黒羽二重の一件で吉宗公に楯ついたからでござろうか」

「それもござろう。だが、どうもそればかりではないようじゃ。最大の理由は、金《きん》でござるよ」

清兵衛はにわかに声を潜めた。

「…………？」

「幕府は、佐渡《さど》の金山、石見《いわみ》の銀山をあらかた掘り尽くし、天領にはもはや採れる金銀はなく、おおいに焦っておる」

「それで、甲斐の金を……」

「じゃがな、豊島殿。幕府は実情を知らぬ。甲府の金も、すでにあらかた掘り尽くされ、採れる金などごくわずかしかない」

「ほう」

平八郎は、空の盃を口もとに近づけると、夏がまた平八郎の盃を酒で満たした。

清兵衛は、平八郎が咽を鳴らして一気に呑み干すのを待って、

「ないものねだりをされて、領地替えされたのではたまらぬ」

「まったく。してその書き付、いずこに持ち込まれるおつもりか」

「そこでござる。吉宗公の政《まつりごと》に異議を唱える幕閣は少なからずおられる。ひとまず、老中会議の面々にお確かめいただくべく、多方面から接触をはかっております」

どうやら甲府藩も、あれこれ策を練っているらしい。

平八郎は、できるかぎりの手伝いをしたい意志を清兵衛に伝えた。

「かたじけない。とまれ、まだまだ先は長うござる。これからも幕府とは揉め事が続こう。豊島殿には、これからもなにかとお力添えを賜りたい。我が殿も貴公を藩邸にお招きし、こたびのこと、直々《じきじき》に御礼申したいと申されておられた」

「それはもったいないお言葉。恐縮でござる」

平八郎が後ろ首を撫でると、廊下に人の気配があった。

夏が立ちあがり、襖を音もなく開けると、屈強な武士が三人、大刀片手に片膝をつき、部屋の中の平八郎に目礼《もくれい》した。

表通りで、あたりのようすをうかがっていた警護の侍である。

羽織袴の正装だが、その上半身が膨らんでみえる。おそらく鎖帷子を着込んでの戦さ支度なのであろう。ものものしい装備は、むろん黒鍬者の襲撃を警戒してのことである。

「もはや、時がまいったようでござる。豊島殿、本日は、大事な一物を抱えておるゆえ、急ぎ藩に戻らねばならぬ」

清兵衛は平八郎に微笑みを送ると、夏とともに立ちあがった。

「あ、それからお墨付きのこと、領地替えのこと、ご内分にな」

清兵衛はあらためて平八郎に念を押し、

「いずれ、あらためてお席を設けまする。今日はとり急ぎ」

迎えの男たちと、慌ただしく部屋を後にした。

最後に部屋を出ていく夏が、ふと振りかえり、

「また、お会いしとうございます」

小腰をかがめて平八郎を振りかえる夏を見かえし、

(妙な女人に馴染みをもったもの……)

と平八郎は苦笑いするのであった。

第二章　團十郎の恋

一

「いったい大御所は、どうなっておしまいになったんで」

弥七が女房の佳代にあきれたようにそう言い、三階奥の座首の間《ま》を顎でしゃくった。

「まるで、お人が変わっちまったようだ」

正月公演もまずまずの入りで、次の出し物も『義経勲巧記《よしつねくんこうき》』と決まり、そろそろ本気で稽古に取りかからなくてはいけない時分というのに、大御所は甲斐から戻って半月余り、傷の養生を口実にまるで芝居小屋に現れない。

たまに姿を現しても、

――疲れた、疲れた、

と愚痴《ぐち》ばかりで、本読みさえろくにせず、またこっそり芝居小屋を抜け出してしまうのである。

これには平八郎も、苦笑いするよりなかった。

「恋の病じゃないかい」

佳代が、亭主の弥七に向かって小指を立てた。

甲斐から連れてきた朱美が相手だというのである。

今や朱美はすっかり大御所のお気に入り、いや思いものになって、そのまま大御所の身のまわりの世話をするようになっている。大御所の世話はこれまで衣装係りの佳代が兼務していたのだが、

——とっくに締め出されてしまったよ。

と、佳代は口を尖らせた。

「男ってのは、まったくしょうがないよ。女は若けりゃいいんだから」

佳代が、亭主の弥七に八つ当たりした。

「おれは、そんなこたあねえさ。なんでえ、あんな小娘のどこがいい」

弥七は、すぐ側で殺陣《たて》の工夫に余念のない平八郎に苦笑いしてみせた。

「蓼《たで》食う虫もなんとやらさ。だけどあの娘、面倒みてくれていた爺さんに死に別れて

から、ずっと一人ぼっちで苦労してたんだそうだよ。在の人が順ぐりに面倒をみてくれていたそうなんだけど、いつまでも世話になってばかりいるわけにもいかないんで、思いきって江戸に出てみようと思っていた矢先だったそうだよ」

「ほう」

平八郎が木刀の打ちあいの手を休めて、弥七の話に聞き入った。

「それに、なかなか気の利くところもあってね。大御所の衣装はあらかたおぼえてしまったようだ」

「なんでぇ、おめえ。褒めてるんじゃねえか」

平八郎は、横で笑って聞いている。

「いいところは、いいって言ってるのさ。あたしゃ、競うつもりなんかハナっからないのさ。ただ、大御所のお体が心配なんだよ。なんだかすっかり精気を抜かれておしまいになって、目も虚ろさ」

「あっちが過ぎるってことかい」

「そういうことだよ」

佳代は、俯いてにやりと笑った。

荒い稽古に励んでいた平八郎が、若手の立役市之丞《いちのじょう》にひと休みしようと声をかけ、手ぬぐいで汗を拭きながら弥七に歩み寄った。

「大御所のお話では、これからは和事《わごと》の修業もしなくちゃいけないそうで、芸の肥《こや》しに若い娘とつきあってみると言っておられたが……」

平八郎が大御所の肩をもつように言うと、

「平さん、真《ま》に受けちゃだめだよ。大御所は昔っからあっちのほうはお盛んで、これまで何人妾をつくったか知れやしない。お才《さい》さんは、ずっと苦労が絶えないんだから」

佳代は手を振って、平八郎の言葉を遮った。

お才さんとは、大御所のお内儀で、もう二十年近く連れ添っている世話女房だそうである。平八郎も、その姿を楽屋で幾度か見かけたことがある。

「とにかく、芝居茶屋〈泉屋《いずみや》〉の女将《おかみ》の話じゃ、大御所と朱美は三日にあけず朝帰りだそうで、お才さんは、さぞやおかんむりでしょうよ」

佳代の口っぷりは、なかなか辛辣《しんらつ》である。

「で、大御所は今どこに」

平八郎がぐるりと稽古場を見わたすと、

「座首の部屋で、灸《きゅう》を打ってもらっていますよ」

佳代が、またあきれたように言ってあたりを指さした。

と、その座主の部屋が俄かにざわめいて、浮世絵師の奥村政信《おくむらまさのぶ》が不機嫌そうに飛び出してきた。

政信はなかなかの才人で、これまでの墨絵を一工夫して、酸化鉛を用いた丹絵《たんえ》や紅《べに》絵《え》、漆絵《うるしえ》を考案し、さらに構図に遠近法を採り入れるなど、浮世絵にさらに大きな変革をもたらして、江戸じゅうの人気を攫《さら》っている。

「どうなさいました。先生」

弥七が、小腰をかがめて機嫌をとりもつように声をかけた。

「どうもこうもないよ。あんな草臥《くたび》れた團十郎じゃ、さっぱり絵にならないさ」

話を聞けば、政信は正月公演『曽我暦《そがこよみ》開《びらき》』で話題をさらった團十郎の『曽我《その》五《ご》郎《ろう》』を、錦絵に描く仕事を請けおったという。

――仕上げは、やっぱり顔を見なくちゃ。

と、表情の確認にやってきたのだが、さっぱりだという。

團十郎は疲れすぎているのか、背中に灸を乗せたまま起きあがろうともしなかったらしい。

――青菜に塩、その顔は、

だったという。

「とても江戸の守護神市川團十郎にはほど遠い。また来るよ」

政信はぷいと膨れて、三階の大階段を駈け下りていった。その後を若い座員が慌てて追っていく。

「それにしても、まったくどうなっちまったんだ」

弥七は腕を組み、眉を寄せて佳代とうなずきあった。


その翌日、平八郎は話のあった大御所のお内儀お才さんから、

——折入ってお話がございます。

と面会を求められた。話を持ってきたのは、お才さんと親しい女形の藤之丞《ふじのじょう》である。

優雅な身のこなし、滑らかな舞踊りで、めきめきと頭角を現してきた人気者である。

(はて、それがしになんのご用であろうか……)

平八郎はその話を聞いて、首をかしげた。

「お才さんは大御所にはもったいないくらい、いいお人だよ。相談に乗っておあげな」

衝立の向こうで、平八郎と藤之丞の話を聞いていた中村座の知恵袋宮崎伝七翁《みやざきでんしち》が、

声をかけてきた。

伝七翁の話では、才はもと榎木某《えのきなにがし》という直参旗本の娘で、芝居好きが嵩《こう》じてとうとう親の反対を押しきり、駆け落ち同然で大御所のところに転がりこんできたのだという。

――お才には、ずいぶんと苦労をさせちまった。

これが今でも大御所の口癖だが、結婚当初は女遊びもぷつりとやめ、芝居に打ちこんでいたものの、三年も経たないうちに方々に妾を置くようになったという。

――芸の肥し、
が大御所の方便《ほうべん》で、お才さんもこれには目を瞑《つむ》らざるをえなかったが、

「こんどばかりは、許せねえようだね」

と、伝七翁も苦笑いした。

「それにしても、なにゆえそれがしにご相談なさるのか」

「お才さんは、もとが武家の娘だ。幕府直臣だった豊島平八郎先生を、きっと頼もしく思ってなさるんじゃないかい」

だが、元直参旗本だったからといって、男女の色事を上手に捌《さば》けるはずもない。平八郎は困惑しつつ、走り書きに記された堺町《さかいちょう》の町はずれにある〈三橋屋《みはしや》〉に向かっ

た。

享保《きょうほう》の頃の料理茶屋は後《のち》のような本格的なものではなく、手軽な飲み食い処で、平八郎が暖簾《のれん》を潜り奥にすすめば、簡単な腹ごしらえを求める客で店内はごったがえしていた。

お才らしき人は、奥の座敷で店先に目を走らせていた。平八郎が現れると、すぐに気がついたらしく、平八郎に向けて手を振り微笑んだ。

当代一流の歌舞伎役者の妻女はかくや、と思い描いていた平八郎は先入観をすっかり打ち砕かれた。

清楚な装いながら、凛《りん》として背筋をくずさないその姿は、どこか武家の奥方を思わせる。平八郎は、先年他界した妻艶《えん》をふと思い出した。

すでに酒膳の用意ができている。

「平八郎さまでござりますね。こんなところまでお呼び出しいたしまして、まことに申し訳ございません」

才は姿勢を崩さず、武家風の丁寧な挨拶をした。

茶屋の奥は、外の喧騒も届かない。

「して、お話とは……」

語りにくそうに顔を伏せるお才に、平八郎は身を乗り出して話を向けた。

「はい、豊島さまを見こんで、ぜひ話を聞いていただきたいのでございます」

お才は心もち身を乗り出し、深刻な眼差しで平八郎へ語りかけた。

「他でもございません。あの朱美という娘のことでございます」

「しかしながら、ご夫婦のことゆえ、それがしには……」

平八郎は、困ったように手をあげると、

「いえ、そういうことではございません。團十郎の女癖についてはもう諦めております。ただ」

「ただ……?」

「あの朱美という女、甲斐の百姓娘とはどうしても思えないのです」

「と申されると……」

平八郎はそこまで言って、己のあまりの迂闊《うかつ》さにハッとした。たしかに思いかえせば、朱美には妙なところが多々ある。

「團十郎は、朱美を家にまで連れてくるようになりました。なんでも、身のまわりのことは下帯から鬘《かつら》まで任せてあるからと申すので」

「これまでには、そのようなことはなかったのですな」

「むろん、ございません。あの人は、小屋は小屋、家は家、といつも分けております」

「ほう」

「ところが、あの娘、簞笥の中までひっくりかえしてしまうのです。それなりに整えていたのですが、もうめちゃくちゃで、家の者もあきれかえっております。團十郎はことのほか衣装にうるさく、あのように粗雑に扱ったことはありませんのに。まるで女狐にたぶらかされているようでございます」

「たしかに、役者にとって自前の衣装は命の次に大切なものと聞いております。大御所も迂闊ですな。あの娘をよほど信じておられるのでしょうが……」

平八郎も俄かに朱美への警戒心をさらに募らせた。まるでこっそり衣装を捜しまわっているようである。

「そのようなわけで、もしや話をうかがっております例の黒羽二重を狙っているのではと不安に思い、ご相談申し上げた次第でございます。もちろん、團十郎への悋気《りんき》からそんなことを考えてしまうのかとも思いましたが……」

「いやいや、たしかに不審なことが多すぎます。お疑いはごもっとも」

もし朱美が幕府の間者《かんじゃ》であれば、大御所の命さえ危ない。だが、いまだ朱美の挙動が不審であるというだけで間者であるという証はない。

「そのこと、ひとまずそれがしから大御所にお話してみましょう。まずは証拠を抑えることが第一、こちらも朱美の素性を当たってみますゆえ、奥方も朱美に怪しい動きがあればご一報くだされ」

平八郎は、せめてお食事だけでも、と引きとめるお才に、茶飯と味噌田楽《みそでんがく》だけつきあって、早々に〈三橋屋〉を後にするのであった。

二

それから二日のあいだ、大御所も朱美も芝居小屋に姿を見せなかった。せめて大御所に会い忠告をしたかったが、それもできない。

三日のあいだ、平八郎は三階の大廊下で大御所を待ちつつ、『義経勲巧記』の殺陣の工夫に汗を流した。

ところが四日目の早朝、

「朱美が消えてしまったよ」

大御所が、蒼ざめた顔で階段を駈けあがってきた。

髪も乱れ、着物の前もだらしなく開けている。声音《こわね》もあまりに狼狽しているので、宮崎伝七翁もなにごとかと部屋から飛び出してきた。

「そりゃ、大変だ。だが、大御所の体のためには……」

にやりと笑って、

「ちょうどいい骨休めになるかもしれないよ」

伝七翁は、ちょっと突き放した口調で大御所を冷やかした。

「伝七先生、そりゃひでえよ。あの娘に衣装からなにから任せきりだったから、もうなにもわからなくなっちまった」

「そいつは、かわいそうだ。だけど、小屋じゃ、きっと安堵してる者も少なくないはずだよ。疫病神が消えた。これで大御所も立ち直るってね」

「ひどいな、先生、あんまりだ」

そこに女形の藤之丞が現れて、

――お宅の近くにもいないようで。

と、お才からの伝言を大御所に伝えた。

藤之丞の話では、お才さんは大御所がなんだか不憫《ふびん》に思えてきたらしい。

大御所は家でも、

——ご飯も咽を通らない、

ほどに気が抜けてしまって、一日じゅう腑抜けのようにぼんやりしているのだという。

「それでお才さん、皆で手分けして朱美を探してやってほしい、とおっしゃいましてね。句会も開きましょうって。とにかく大御所を元気づけなくちゃってね」

藤之丞も、大御所を憐憫の眼差しでちらちら見ながら言った。

「いい話だね。それだけお才さんは大御所に惚れていなさるってことだ。まったく、大御所にゃ過ぎた女房さ。そうと決まれば、まずは酒の支度だ」

伝七翁が、声を張りあげて若い役者を呼んだ。

「しかたがねえ、皆で手分けして朱美を探すしかねえ」

弥七も佳代と顔を見合わせ、階段を駈け下りていった。

「藤之丞さん。俳句仲間に連絡をとってくれるかい。贔屓筋のご隠居方にも忘れずに声をかけておくれ」

伝七翁が念を押すようにそう言うと、藤之丞は大きく頷いて、

「まかしておいてくださいな」

これまた大きな音を立てて、階段を駈け下りていった。

平八郎は、大御所の内儀から聞いた朱美の不審な挙動には片目をつむり、ひとまず大御所のために動かざるをえないと考えるのであった。

利兵衛長屋に戻った平八郎がこの話を皆にすると、お光はちょっと複雑な顔をして首を捻った。

——お才さんの気持ちがわからない、
と言うのである。

「そりゃぁ、独り身のお光ちゃんにはまだ無理さ。お才さんは女房の鑑《かがみ》だよ。お光坊も、早く好いた男《ひと》を見つけて、添いとげるこった」

辰吉《たつきち》が、平八郎をちらちら見ながら言った。

「なに言ってるんだよ、おまえさん。そんなの、男の身勝手ってもんだよ。あたしゃ、あんたが外で女なんかこさえたら、ただじゃすまないからね」

女房のお徳《とく》がげんこつを振りあげると、辰吉は膝立ちして猫のように部屋の隅に逃げていった。

その時、表の腰高障子ががらりと開いて、

「平さん、帰ってるかい」

読売屋のぼろ鉄が、陽に焼けた小づくりの顔を玄関口に突き出した。

「團十郎のことで、お江戸八百八町が大騒ぎになっているよ」

「大袈裟だね。なんのことだい」

平八郎が笑いながら問いかけると、ぼろ鉄は懐中から数枚の色刷りの絵草子を取り出し、古畳の上に広げてみせた。

版元《はんもと》はちがうものの、どの絵草子も大御所市川團十郎と女房お才、それに團十郎の思いものの朱美の三角関係を、面白おかしく書きたてている。人気役者の色事の話は、やはり売れるらしい。

「これはいかん。ぼろ鉄、おまえは書いてはいないだろうな」

「そいつは、まだ……」

ぼろ鉄は、蒼くなって怒る平八郎に、目のやり場に困って、天井を睨んだ。

「こ奴ッ」

平八郎が片膝立ちして刀を引き寄せると、

「とんでもねえよ」

ぼろ鉄は、埒《らち》もないと言いたげに両手を立てると、平八郎もにやりと笑った。

「冗談だ。そのくらいで刀を抜く私ではない。だが、おまえには、それぐらい脅しておかねばな」

「平さんも、人が悪いや」

ぼろ鉄は苦笑いして、かすりの裾をかいこんで両足を組み直した。

「團十郎は人気家業だからそれもいい。だが、女房のお才さんがかわいそうだよ」

お徳が、しんみりとした口調で言った。

「その朱美って女《ひと》、どんな娘なの」

お光が、いぶかしげに平八郎の顔を覗いた。

「まだ二十歳にもならない小娘だが、今にして思えば、妙なところがいろいろあった」

平八郎は、忸怩《じくじ》たる思いで顎を掻いた。

「妙なところ……?」

「うむ。田舎娘を装っていたが、それにしてはすれたところがあった。いま少し歳もいっていそうだし」

「するってえと、歳をサバよんでいたってかい。とんでもないあばずれだ」

辰吉が声を荒らげた。

「あたしくらい？」

お光が、胸元を抑えて平八郎の顔を覗きこんだ。

「お光ちゃんは、いくつだったっけね」

「あら、いやだ」

お光は、顔を紅らめてから二十三と言った。

「お光ちゃんより、ちょっと下くらいかな。瓜実顔で、きりりとした眼をもつ器量のいい娘だ」

「あら、平さん」

お光が、探るように平八郎の顔を覗いた。

「気になるかい。お光ちゃん。千両役者の團十郎が惚れこんだんだ。そりゃ、器量よしにきまってるだろう」

辰吉が、お光をからかうように言うと、

「そんなことじゃなくて、ちょっと気になることがあるのよ」

「気になる……？」

平八郎が真顔になった。

「この絵の娘、なんだかここに来たような気がするの」

お光が、畳の上の絵草子を一枚手に取って目を凝らした。

「この長屋にかい――?」

平八郎の表情が、にわかに険しいものに変わった。

「そう、平さんの家の前をうろうろしていたわ」

「いつの話だ」

「平さんが甲斐に発った次の日だったかしら」

「そいつは妙だ。こりゃ、ひょっとしたらひょっとするぜ」

平八郎を見かえしたぼろ鉄の双眸が、キラリと光った。

「そりゃ、どういうことだい」

そう言いながら、お徳が勝手知った茶箪笥から茶葉を取り出し、急須に入れて鉄瓶の湯を注ぎはじめた。

「お庭番の手の者かもしれねえってことだ。おめえ、ピンと来ねえのかい」

辰吉が、お徳にそんなことは当たり前だ、と言わんばかりにたしなめた。

長屋の衆は、みな大御所の黒羽二重にまつわる一件のことは知らない。だが、平八郎と御庭番の死闘は話に聞いているだけに、平八郎を狙って幕府の隠密が長屋に現れるということは、じゅうぶんありうることと思えるのである。

「その女が大御所に接近しているのは、平さんに近づくためだろう。諦めてもらうしかないよ」

お徳が、次の茶碗をぼろ鉄に手渡しながら言った。

「だが、証拠がねえ。大御所は朱美にぞっこんなんだ」

辰吉がお徳をたしなめた。茶がまわると、皆ひと息入れてまた考えこんだ。

「それにしても、この絵草子の女《ひと》、よく似ているわ……」

お光が、あらためて畳の上に広げた絵草子を手に取り呟いた。

「そういえば、たしかに朱美に似ているかもしれぬな」

平八郎の目にも、しだいにそう見えてくるようになった。

「ぼろ鉄、この瓦版は？」

平八郎が訊いた。

「こいつは、深川仙台堀《せんだいぼり》の松五郎《まつごろう》が描いたものだ。あいつは筆も立つが絵ごころもあって、自分で描いている。なるほど、そういうことかい」

ぼろ鉄が、手を打って立ちあがった。

「松五郎は、きっと朱美を見ているんだぜ」

「そうだろうな」

平八郎も、同じ見方であった。

「すまぬがぼろ鉄、その松五郎に朱美をどこで見たのか訊いてみてはくれないか」

「まかしてくれ。あいつとは長いつきあいだ。明日の朝いちばんにでも、仙台堀の奴の工房を訪ねてみるぜ」

ぼろ鉄は、あばらの見える薄い胸板をポンと叩いて請けあうのであった。

三

その翌日、稽古の後で、番茶をすする平八郎のもとに、ぼろ鉄がひょっこり訪ねてきた。楽屋内まで招き入れるのははばかられたが、

「ここじゃあ、ちょっと話せねえョ」

もったいぶるようにそう言うので、平八郎はやむなく大廊下左手の自室に招き入れた。ぼろ鉄は、この機会に中村座の中を覗いて瓦版のネタにでもするつもりだろう。

弥七もぼろ鉄の姿を見つけて、すぐに駈けつけてきた。

「平さん、大変なことがわかったぜ。今朝、ひとっ走りして仙台堀の松五郎のところまで行って確かめてきたんだ」

「ふむ」

「野郎、あれを描いた前の日、大御所と朱美が柳橋の船宿で密会した後を付けていったそうさ」

「やはり、松五郎は見ていたのだな」

「二人は両国橋の袂で別れ、大御所は家に帰って行ったが、平さん、朱美はどこへ向かったと思う?」

「さあな」

平八郎は、ぼろ鉄の声を聞きつけ、隣に座った弥七と顔を見合わせた。

「桜田屋敷のあたりで消えたっていうじゃねえか」

衝立の向こうで、ぼろ鉄の話を聴いていた伝七翁が、

「なんだって」

すわっとばかりに飛び出してきた。

桜田屋敷のあたりは、武家屋敷ばかりだ。幕府の直臣やお目見得以下の役宅がびっしり軒を連ねている。

「松五郎は、妙だと思ってそのあたりに土地勘のある仲間の瓦版屋に訊いてまわったそうだ。すると、朱美の消えたあたりは、ちょうど御庭番の組屋敷があるっていうじ

ゃねえか」

「迂闊であったな……」

平八郎は、絶句した。やはり御庭番のくノ一が、大御所の黒羽二重を奪う目的で大御所に接近していたのだ。

御庭番、いやそれを統率する御側取次役有馬氏倫は、まだ黒羽二重を用いて團十郎と月光院の艶事をでっちあげることを諦めていなかったのである。

ほろ苦い思いが、平八郎の胸中を満たした。

「あっしがついていながら、とんでもねえしくじりをしてしまいやした」

弥七も、拳で鬢のあたりをしきりに叩いて悔しがった。

「いいじゃないかい、弥七さん。たしかに大御所は、一時脱け殻みたいになっちまったが、命まで取られたわけじゃあない。これがきっといい経験になって、後々芸の肥しになるだろうよ」

伝七翁はうむうむと頷いて、

「まあ、今のところなにも起こってないのがもっけの幸いさ」

うちひしがれる弥七の肩を、ポンと叩いた。

「まったく油断ならねえ。ここは大御所が朱美に二度と騙されねえよう、しっかりあの女狐の正体を暴いておかなくちゃならねえ」

「だが、戻ってくるかねえ」

伝七翁が、腕を組んで首を捻った。

「そりゃ、わかりませんぜ。黒羽二重は、まだ見つかったわけじゃねえ。それにお才さんは、大御所のために朱美を連れ戻してやろうと今も躍起《やっき》です。疑われていないと思ったら、頃あいをみてまた戻ってくるかもしれねえ」

弥七はそう言うと、伝七翁もそうかもしれない、と頷いた。

ぼろ鉄が去って、平八郎の部屋で主だった役者が雁首を揃えて朱美の処分を話しあった。

「斬って捨てるよりありませんや」

といきまく弥七を、役者たちが抑えた。

一座としては、お上《かみ》と表立って対立するのは避けたいところである、それに手荒なまねは役者のすることじゃない、と皆は考えるのである。

「ならば、引っ捕らえて大御所の前に突き出し、謝らせることだよ。大御所に目を覚ましてもらうことが大事だ」

伝七翁が話をまとめた。

だが、桜田の御庭番屋敷前で、争わずに朱美を捕らえることなど至難の業といえなくもない。

「とにかく、朱美が現れるのを辛抱づよく見張ることにしやしょう。現れたら、すぐに平さんに連絡しやす」

弥七は、大部屋の八百蔵を連絡役にひき連れ、空を蹴るように勢いよく表に飛び出していった。

四

平八郎は差料の会津兼定《あいづかねさだ》二尺三寸を抱え、柱に身を横たえて弥七からの一報をじりじりしながら待った。

桜田の御庭番屋敷を朝の四つ（十時）からずっと見張っている弥七に、にぎり飯を届けてきた佳代が、途中で出会った女形の藤之丞とともに中村座に戻ってきたのは、昼の八つ（二時）頃であった。

「朱美は、まだ姿を現しません。さすがに御庭番屋敷で、猿まわしやら、虚無僧《こむそう》やら、飴売りやら、妙な連中が入れ替わり立ち替わり門の中に入っていくそうですが、入ったきりで、出てくる者はさっぱりだそうです」

「で、お内儀のほうは」

平八郎は、藤之丞に顔を向けた。

「なんでも、大御所と朱美がしけこんだという柳橋の船宿や、お才さんが朱美に紹介してやった髪結い床、呉服屋なんかを虱潰《しらみつぶ》しに当たったそうですが、やっぱり姿を現さないようで」

「そうか。やはり組屋敷を粘りづよく見張っているよりあるまいな」

「そうですねえ」

佳代が、顔を曇らせた。

佳代は、とうに伊賀同心を廃業した亭主が、御庭番屋敷を八百蔵と二人きりで見張っているのが心配らしい。願わくば朱美一人が現れて、おとなしく弥七に捕らえられればよいが、相手もくノ一である。そう簡単にいくはずもない。

それを察した平八郎が、

「佳代さん、そろそろ吉十郎に替わらせよう。すまないが〈女御ケ島〉までまたひと走りしてくれまいか」

と、機転を利かせた。

「すみませんねえ」

佳代は、ようやく安堵したか、大きくうなずいて急ぎ足で大階段を駈け下りていった。

その後二刻（四時間）余り経ったが、弥七からも、吉十郎からも、なんの連絡はない。

――今日は無理であろうか。

と諦めかけた矢先、いきなり八百蔵が階段を駈けあがってくる足音が聞こえた。

「朱美が、桜田の御庭番屋敷に入っていきやした」

八百蔵は、息を切らして報告した。芝居小屋まで桜田門下からずっと駈けどおしだったらしい。

「弥七さんと吉十郎は」

「今も、門前で見張っていまさァ」

「すまんな、八百蔵さん。わたしも行く。案内してくれ」

会津兼定の大刀と大ぶりの脇差しを腰に落とし外に飛び出すと、陽がもうゆっくり西に傾きはじめている。

ずっと駈けてきた八百蔵はすっかり息があがってしまい、ヘタヘタと体を揺らしてついてくる。平八郎は振りかえり、振りかえり、八百蔵を元気づけながら走った。

桜田屋敷の門前に駈けつけてみると、吉十郎が柄がしらを握りしめたまま、じっと天水桶の影で門前を睨んでいた。

門前に人影はない。

「おい、どうだ」

平八郎が声をかけると、

「あ、父上っ」

吉十郎は顔面を紅潮させ、今にも抜刀し斬りかからんばかりの険しさで振り向いた。知らず知らず緊張が高まっているのに、当人も気づかなかったらしい。平八郎は苦笑いを浮かべ、

「それほど気を張ってばかりいては身がもつまい。よいか、相手は女だ、手荒なことをせず、引っ捕らえるのだ」

吉十郎の肩を叩いた。

「それは、そうでございますが、相手はくノ一……」

「だがな」

そう吉十郎をたしなめた矢先、弥七が辻を曲がって土塀に沿い、こちらに駈けてくる。

　御庭番屋敷は鍋島《なべしま》藩の敷地も一部借り受けており、棟続きとなっていることを弥七が嗅ぎつけ、念のためにそちらを見張っていたのだという。

「朱美は出て来ぬか」

「どうも、御庭番らしい目つきの鋭い野郎が数人、屋敷を出ていきやしたが、まあ、あっちからは出て来そうもありません」

「されば、ここに絞って待つとしよう。そうこっちの都合どおりにはいくまいよ。気長に待つよりあるまい」

　平八郎はそう言って、さぞ疲れただろうから、弥七さんは帰ったほうが、と勧めたが、

「とんでもねえ。これからが勝負で」

　と弥七は即座に否定した。

「すまぬな」

　平八郎は、あらためて暮れなずむ桜田の屋敷町をぐるりと見まわした。

　犬の遠吠えだけが聴こえてくる。

風が出てきたのか、海鼠壁《なまこかべ》の向こう側の松の梢がざわざわと荒く音を立てている。やがて雨雲が薄墨を流したように夕空を覆いはじめると、御庭番屋敷の門前はいちだんと闇に包まれはじめた。

「このぶんでは、ひと雨くるかもしれんな。今日は、もう帰ったほうがいいかもしれぬ。なに、朱美が御庭番の手先と知れただけでも成果はあったというものだ」

平八郎が諦めかけた矢先、大門脇の潜り戸がきしんだ音を立てて開き、やわらかな女の影が外に吐き出された。

定紋入りの提灯で、足もとを照らしている。

「朱美だ……」

吉十郎が低声《こごえ》で叫び、柄がしらをつかんで前のめりに踏み出した。それを平八郎が制し、

「待て、吉十郎。争うことばかりを考えるな。静かに近づいていって、前後を囲むのだ。当て身を喰らわせてひっ捕え、大御所の面前に引ったてて、謝らせればよい。あの女狐め、大御所を騙し、お才さんを苦しめ、一座の人たちの善意をさんざんに踏みにじったのだからな」

「平さん、そいつは甘い。朱美も忍びでさァ。舌を嚙み切って自害するかもしれやせ

ん」

　弥七が、そう言って、門前を右に折れた朱美を目で追った。

「ふむ、それはそうだ。されば、こうしよう。あの長い束ねた髪を断ち、大御所への手土産とするというのはどうだ。御用屋敷の定紋入りのあの提灯も一緒にな。それを見れば、さすがの大御所も諦めなさるだろう」

「承知しやした」

　八百蔵は、いつの間にかどこかに消えてしまっている。弥七は元伊賀同心らしく、滑るような足取りで、スルスルと闇に溶けていた。

　まず、吉十郎が柄がしらを摑んだまま、土塀沿いに朱美に近づいていく。一方、平八郎は、通行人を装いそ知らぬふりで朱美に歩み寄っていった。

　薄闇の中を追ってくる平八郎に、朱美はハッとして振りかえった。

「久しぶりだな」

　朱美は、闇を透かして平八郎を見ると一瞬うろたえたが、すぐに気をとりなおして懐刀を抜き払うと、ぴたりと胸先につけた。

　一方、土塀伝いに朱美に近づいていった吉十郎は、朱美の背後の闇にいる。さらに、隙をみて小走りに朱美の脇にまわった。

「大御所は、本気だったんだよ」

平八郎は朱美の前に立ちはだかり、諭《さと》すように言った。

「あんないい人を騙して逃げるなんて、まったく悪い娘《こ》だ」

朱美はキッと平八郎を睨み据えたが、手強い相手であることはじゅうぶん承知している。袂からなにやら笛を取り出すと、素早く口もとに寄せた。

呼び笛である。

夕闇に、高い笛の音が鳴りひびいた。

ややあって、屋敷内が騒《ざわ》めきはじめた。

遠く門前あたりから、ばらばらと男たちが道に飛び出してきた。いずれも黒の一重で、下級役人の装いだが、足腰に鍛練の跡がある。御庭番にちがいなかった。

「提灯、松明《たいまつ》ッ」

土塀の向こうでは、誰かが叫んでいる。

この男たちも、いずれ門からまわりこんでくるのであろう。足音からみて、十や二十人はいそうであった。

「そう猛ることもあるまいに。たかが色恋沙汰だ。命をやり取りするほどのことではない」

朱美は闇の中、平八郎を見すえて動けない。

「少なくとも、大御所にとってはな。かわいそうに、本気で惚れなさった」

吉十郎が、じりっと朱美の後方にまわった。

「朱美、このままでは無駄な血が流れる。大御所を諦めさせるために、そなたの髪が欲しい」

柄がしらを抑えた平八郎が、朱美に向かって一歩踏み出した。

「な、なぶるか！」

朱美が、顔をひきつらせて数歩後退った。

門を飛び出してきた御庭番のうち六人ほどが平八郎を囲み、四人が吉十郎のほうにまわりこんだ。

平八郎を囲んだ男たちは、やがてそれぞれ前後に重なり合う。闇の中では、その姿は三人にしか見えない。

吉十郎は中段のまま前に踏み出すと、御庭番がわっと退いた。

「吉十郎、斬るな。峰打ちでよい」

「はい」

吉十郎が刃をかえし、なおもそのまま踏みこんでいくと、御庭番はさらに後方に退いた。

「父上、御庭番とはかくも不甲斐ない輩なのですか」

吉十郎が、目の端に男たちを見て、挑発するように声をあげた。

と、平八郎を囲んだ二組の御庭番が動いた。

後方の三人が後方に退くや、前の三人がいっせいに屈んだ。

その背を蹴って、後方の三人がはねあがった。

宙空で一転し、平八郎の頭上を越えていく。

だがこれは、目くらましであった。

気がつけば、背を屈めたほうの三人が、真っ向上段からほぼ同時に撃ちかかってくる。

平八郎は滑るように前に出ると、流れるように刃をきらめかせた。

男たちと入れちがいに踏みこんで二人を袈裟に、またもう一人を胴を払ってしとめている。

「安心いたせ、峰打ちだ」

着地した三人が、振りかえり後退りした。

その間に、もうひとつの人影が朱美に近づいていた。弥七である。

それに気づき、朱美がとっさに前に逃れた。

平八郎がいきなり朱美に向かって踏みこみ、ダッと突っかけてきた懐刀を手刀で叩き落とすと、その右腕を後ろ手に取った。

「うっ……！」

朱美が、苦悶の叫びをあげた。

「ほれ、弥七さん」

平八郎は、勢いよく弥七に向けて朱美を突き放った。

朱美が、よろよろと前に歩きだした。

「あっ……」

平八郎の会津兼定が一閃している。

後方に束ねていた朱美の髪が、髻《もとどり》からばっさりと闇に落ちていた。

その剣捌きに、御庭番が気を飲まれ、その場に凍りついた。

隙をつき、吉十郎が御庭番に突進していく。

遅れて延びてくる剣尖二つを、吉十郎は流れるような身のこなしで受け流し、身を翻して袈裟懸けに斬りつけた。こちらも峰打ちである。

男たちの骨が啼《な》いた。撃たれた二人は、そのままもんどりうって地に崩れた。

「今だ」

平八郎が叫ぶと、弥七が素早く地に落ちた朱美の髪を拾いあげ、懐に収めた。

平八郎が、火の消えた定紋入りの提灯を拾いあげる。

「闇夜だ。朱美、これは借りていくぞ」

そう言い捨てると、呆然として見おくる御庭番を後に残し、平八郎と吉十郎、弥七の三人は、闇に向かって駈け去っていった。

門前から駈けつける新手《あらて》の御庭番にも、もう闇に溶けた三人の姿は捉《とら》えられない。

五

それから三日後のよく晴れわたった午後、平八郎は勝田玄哲を唯念寺の厨《くりや》に訪ねた。

――活きのいい鯛が手に入ったので鯛飯にする、喰いに来ぬか、
と、寺男の孫兵衛《まごべえ》を遣って玄哲が誘ってきたのであった。

食い物で平八郎を誘い出し、都合のよい頼みごとを持ちかけてくるのが、いつもの玄哲の手口である。

(こたびも、乗せられぬよう気をつけねばならぬな……)

平八郎は、苦笑いを浮かべ、唯念寺の門をくぐった。

庭から厨にまわれば、もう美味《うま》そうな蒸し鯛の匂いが立ちこめている。

「おお、まいったな、まあ座れ」

古畳に腰を落とせば、酒膳の支度の只中で、孫兵衛が酒膳を抱えてきびきびと立ち働いている。

畳の上には、ぼろ鉄が持っていたのと同じ絵草子が数枚広げられていた。どうやら玄哲は、團十郎と朱美の後日談が聞きたいらしい。

平八郎は、それだけのことか、とふと安堵して、玄哲の達磨《だるま》のような大顔を見やった。

「それで、大御所は諦めきれたのか」

孫兵衛が、大きな櫃《ひつ》に入れて運んできた鯛飯を、手ずから飯茶碗によそいながら、玄哲が急《せ》くように平八郎に訊ねた。

「大御所は、今や歌舞伎界を背負って立つ御仁、いつまでも子供じみたことばかり言ってはおられますまい。朱美が御庭番の女であったことを知り、己の油断をいたく恥じ入られ、頭を丸めて仏門に入ろうとまで申されておられます」

「ふむ。いつでも当方は面倒をみるが、市川團十郎が頭を丸めたでは、江戸の芝居好きが納得すまい」

「さようでござりますな」

平八郎も笑って、美味そうな鯛飯に箸をつけた。

玄哲が目を細めて、それを見ている。

「これは、なるほど美味うござるな」

「鯛飯は、はじめに醤油で味付け、鯛の身を炊き込むやり方もあるが、わしは白米の上に火をとおした鯛の身をほぐして乗せ、掛け汁をかけて薬味を乗せるやり方だ。あくまで素人包丁だが、まあ、たっぷり食っていけ」

玄哲も、平八郎が飯をかきこむのを見て満足げである。

「それにしても、玄哲殿は食い道楽でござるな」

「極楽など、まことにあるものとは思えぬ。せいぜい今生《こんじょう》で愉しむにかぎる」

「とんだ坊主にござる」

「なんとでも申せ。評判がよければ、鯛の他、海老、鱧《はも》、牡蠣《かき》などでいろいろやってみようと思う」

「これは愉しみが増えました」

「それにしても、こたびのこと、御庭番どもめ、見当ちがいも甚だしいの」

玄哲は、嘲笑《あざわら》うように言って膝を叩いた。

「黒羽二重の一件、有馬氏倫め、いまだ諦めてはおらぬようです」

平八郎は、半年前の甲斐の山中での黒羽二重を巡る死闘を思いかえした。

月光院から贈られた黒羽二重は、結局江戸に持ち帰り、月光院の父勝田玄哲に預けている。

将軍吉宗をはじめとする紀州一派の狙いは、黒羽二重を証拠の品として、月光院と團十郎の仲を騒ぎたて、第二の絵島生島として、月光院一派を一網打尽にすることにあったのだが、なんとか今のところそれを未然に防ぐことができている。

「いくら芝居小屋を探しても、大御所のところを家探ししても、見つかるはずはない」

「とはいえ、相手は御庭番、油断はできませぬぞ」

「なに、懸念はいらぬ」

平八郎に二膳めの鯛飯をよそいながら、玄哲は大きく首を振った。

「黒羽二重は文箱《ふばこ》に入れ、その上から経文を積み上げて蔵に仕舞いこんである。さらに重い錠を掛け、寺小姓に常に見張らせておるゆえ、まずは大丈夫だ。それに時折、尾張藩の忍び組御土居下衆《おどいしたしゅう》も見まわってくれておる」

御土居下衆とは、万一の落城の折、藩主を城外に逃れさすため秘かに集められた忍び集団で、忍び駕籠を担ぎ、水に潜って一日百里を疾《はし》ると言われる男たちである。徳川継友《つぐとも》の命《めい》により、今は江戸に呼び寄せられ、将軍吉宗公の御庭番と対峙している。

と、厨の玄関あたりが俄かに騒《ざわ》めいて、孫兵衛が応対しているのが聞こえた。やがて廊下伝いに足音が近づいてくる。

「噂をすれば影、とはこのことよ」

玄哲が、盃を置いてにやりと笑った。

まもなく障子ががらりと開いて、孫兵衛に案内され、尾張藩留守居役水野弥次太夫《みずのやじだゆう》の華奢《きゃしゃ》な体が姿を現した。

「お久しぶりでござる」

平八郎が軽く会釈すると、水野はにこりと微笑んで、平八郎の前にどかりと腰を下ろした。

「よいところに来た。鯛飯がござるぞ」

「それはかたじけない」

あい変わらずこの留守居役は、飄々《ひょうひょう》として遠慮がない。

水野弥次太夫は、藩の外交を一手に握る大役だけに、装束、大小とも見事なこしらえで、平八郎の目を驚かせる。

徳川吉通《よしみち》、五郎太《ごろうた》の二代の尾張藩主を殺害した経緯を漏らさず記した天英院の覚書を巡って繰り広げられた幕府との暗闘にひと区切りがつき、ひと心地つけた水野の相貌は、このところ夜毎のように各藩同役と過ごす茶屋遊びの酒に焼けて赤い。

なにやら手土産をぶらさげているところも、いかにも留守居役らしく、平八郎にはどこか剽軽《ひょうきん》に見えた。

「御土居下衆の報告では、このところ中村座でも御庭番の姿をとんと見かけぬそうで、まずはなによりでござる」

玄哲は弥次太夫をねぎらい、孫兵衛に膳の用意を命じた。

水野はこの日、春の陽気に誘われて墨堤《ぼくてい》を歩き、向島《むこうじま》の長命寺《ちょうめいじ》まで行ってきたという。

「堤の桜は、三分咲きでござった」

土産の品は桜餅であった。

「江戸の町は、いかがでござった」

まず用意された水野の盃に酒をなみなみと盛って、玄哲が続けた。

「いや、町人は活気に満ちておるようだが、武士はいまひとつ元気がないような」

水野弥次太夫は、意外なことを言って顔を曇らせた。

昨今は、尾張藩はもとより何処の藩も財政事情は厳しく、商人に金を借りてやり繰りしている藩も多いという。

「江戸詰めの武士も、諸藩の台所事情を映してか、いまひとつ懐は寂しそうでござってな」

艶福家の水野が言えば、どこか他人事《ひとごと》のように聞こえなくもないが、このところの景気の悪さは平八郎もたびたび耳にしている。

幕府の御金蔵に蓄えていた金が底をつき、八代将軍は財政再建のため、天領の租税を四公六民から五公五民に改めて農民に重税を課したと平八郎は聞いている。

江戸の町民のあいだでは、それでも足りず、

――いずれ貨幣の改鋳《かいちゅう》は必至、
との噂が絶えないのであった。

「あれは、もうかれこれ十年以上前のことだが……」

鯛飯を脇にどけ、孫兵衛のつけてきた熱燗をちびちびやりはじめた玄哲が、目を細

めて宙を睨んだ。

「徳川家宣《いえのぶ》公のお抱え学者であった新井白石《あらいはくせき》の調べたところでは、江戸幕府開設以来、南蛮との交易によって相当額の黄金が海外に流出してしまったという。このままいけば、日本国から金が消え果ててしまおう、と白石はあの頃嘆いていたそうだ」

「肝心の金が不足気味ゆえ、小判に含有する地金の量もますます希薄になっていくというわけでござるな」

水野も、盃の手をしばし休めて嘆いた。

「まあ、そういうことだろう。そこでだ、平八郎」

玄哲が、水野と目を見合わせ、やおら膝を乗り出した。

「水野殿はな、おぬしの力を天下万民のため、さらに役立てさせてほしいと申されておられる」

「はは、さればこの鯛飯は、拙者と水野殿を引き合わすための餌でございましたかな」

玄哲が、嫌な顔をして水野と目を見合わせた。

「いや、豊島殿。そうご用心なさらずとも。これは、そこもとの身を助けることにもなるもので、けっして悪い話ではない」

「はて。それがし、貧しくとも今の暮らしでじゅうぶん。これ以上の金は欲しておりませぬが」

「なに、金ばかりではない。人助けでもあるのだ」

玄哲が咳払いをひとつして言った。

「とまれ、お聞きいたしまする」

冷めた口ぶりで、平八郎が応じた。

「いやな、ほかならぬ甲府藩のことでござるよ」

平八郎は、水野の口から飛び出した思いがけない藩名に、箸を持つ手を止めた。

「甲府藩への幕府の嫌がらせには、継友公も、いたく心配されておられてな」

水野によれば、すでに尾張藩でも、甲府藩の領地替えの噂を耳にしているという。

水野は、しきりに甲府藩主柳沢吉里が不憫と嘆いた。

「痩せても枯れても、我が尾張藩は御三家筆頭。紀州出の現将軍とは、少なくとも同格に争う気概がある」

「まことじゃ」

玄哲が、大きくうなずいた。

「だが、甲府藩は禄高わずか十六万石、吉宗公の理不尽にたとえ憤りをおぼえても、なかなか表だって逆らうこともできぬ」

「されど、黒羽二重の一件では藩をあげて石原家を護られたではございませぬか」

平八郎が、昨年秋の塩山《えんざん》での攻防を思い浮かべた。

その折、藩主柳沢吉里は藩兵を数十名繰り出して石原家を囲み、御庭番の侵入に備えたのであった。

「うむ。だが幕府は、あの攻防によってさらに硬化してしもうた。幕府はすでに、甲府藩の領地替えの候補地として大和郡山《やまとこおりやま》藩を検討していると申す」

「大和郡山でござるか」

まったく縁《えん》も縁《ゆかり》もない土地に飛ばされる柳沢吉里が、平八郎は不憫《ふびん》であった。

「それゆえ、こたびのお墨付きの老中会議への提出も、吉里殿は清水《きよみず》の舞台から飛び下りるほどのご決断であったことであろう」

それにしても、平八郎はお墨付きの老中会議への提出まで尾張藩が摑んでいることに驚いた。尾張藩と甲府藩の連携は相当に深いと見なければなるまい。

「なに、我が藩と、甲府藩は留守居役同士が昵懇での。たがいに情報を交換しあっておる」

水野弥次太夫は、こともなげに言ってのけた。

「して、それがしにどのように甲府藩に加勢せよと申される」

平八郎が、水野に膝を向けた。

「お墨付きをめぐる争いはこれから。そこもとにぜひともご助勢願いたいのだ」

「その件では、甲府藩でもご重臣からの依頼もあり、できるかぎりのことはいたすことをお伝えしておりますが」

「さようか、それは頼もしい。されば、こたびの一件、なにかと邪魔が入るゆえ、力を貸してやってほしい」

「それがしにできることであれば、なんでもいたしまする」

水野は、にわかに明るい表情となって大徳利の酒を平八郎にすすめた。

「ところでな、豊島氏《うじ》。それとは別に、尾張藩からそこもとに頼みごとがあるのだが、聞いてもらえぬか」

「はて、それは何でござる」

次から次へ難題を押しつけてくる水野を、平八郎は眉をひそめて見かえした。

「幕府が甲府藩の領地を欲しがる理由は、なんであると思われるな」

「それはひとつには、甲斐が江戸城の落城の折の西の退き口となっていることでございましょう」

平八郎の知るかぎり、そのため四谷から新宿、八王子に至るまで、千人同心、鉄砲組まで退却軍を補佐する部隊が平時においても用意されている。

「さよう。綱吉公が柳沢吉里かわいさのあまり、とんでもないことをしてしまったという悔いが幕府にはある。だが、それだけではない。じつは、幕府は甲斐の金山に目をつけておるのだ」

「…………」

平八郎は、水野の話にさして驚きはしなかった。その話は数日前、甲府藩の白井清兵衛からも聞いている。

「しかし、甲州金はすでに掘り尽くされてしまっていると聞きおよびます」

「そのこと、じつは、どうもそうとばかりも言えぬらしいのだ」

平八郎と玄哲が、怪訝そうに顔を見合わせた。

「尾張藩としてもいろいろ調べてみた。当藩の佑筆《ゆうひつ》が当藩の書庫に眠る古い文書を調べてみたところ、思いがけないものを見つけたのでござるよ」

水野弥次太夫はそう言って俄かに声を落とし、明るい陽を映す廊下側の障子をうかがった。

「ご安心あれ。孫兵衛の姿は厨から消えて久しい。誰もおらぬ」

玄哲が弥次太夫を促した。

「これは古い話となるが、神君家康公は、大変な読書家であられての。江戸城本丸の南端にあった富士見の亭に文庫を建て、あまたの蔵書を金沢文庫をはじめ諸国から集めて収められた」

「その話は、それがしも聞いております。家康公は下野《しもつけ》の足利学校にも手厚い保護をされておられたそうな。して……」

平八郎は、盃を手にしたまま、水野弥次太夫を促した。

「家康公は、大坂の陣の後、いよいよご寿命を悟られ、その蔵書を尾張、駿府《すんぷ》、水戸《みと》の御三家に分配なされた」

「三代家光公の弟君忠長《ただなが》様の駿府家は、後の紀州家となったのでござったな」

玄哲が、言葉をはさんだ。

「さすが玄哲殿、ようご承知なされておる。そのうちの尾張家に遣わされた蔵書の中に、めずらしいものがござった」

水野弥次太夫は、やおら懐から一冊の冊子を取り出した。表に『諸国金山調書《しょこくきんざんちょうしょ》』とある。

「これには諸国の金山の位置と開発状況、それに推定埋蔵量が記されておる」

弥次太夫は、紐閉じの分厚い調書をパラパラと捲ってみせた。

「これは、かの大久保長安《おおくぼながやす》の残したものでござる」

「大久保長安……」

平八郎は、その名を鸚鵡《おうむ》がえしに繰りかえした。

「豊島殿は、大久保長安なる者の名を聞いたことがおありのようだな」

「むろんのこと」

平八郎は盃を置いて、大きくうなずいた。

徳川家康の篤い信任を受け、幕府直轄金山銀山の管理をすべて任された伝説上の人物である。

猿楽師《さるがくし》の子でありながら、長安は抜擢されて武田家の蔵前衆として鉱山開発や税務に従事していたが、武田家滅亡後は徳川家康に見出され、金山銀山奉行を兼任し、徳川の屋台骨を支えて、自らも膨大な蓄財をしていたと噂される。

「しかしながら、長安は後に幕府内の権力闘争に巻きこまれ、その財産はすべてを没収されたのでござった」

その話は平八郎も知っている。

罪状は横領、長安の八王子の館の寝所には石室が設けられ、朝鮮との交流を記録した文書や毒酒、武田家の紋幕旗を秘蔵されていたのが発見されたという。

そのため、それより前に死去した長安の墓を暴かれ、安倍川《あべかわ》付近にてあらためて磔《はりつけ》されたという。また、七人の息子や腹心もことごとく処刑されたという。

この事件の背景に、徳川家康の腹心本多正信《ほんだまさのぶ》、正純《まさずみ》一派と、政敵である大久保忠隣《おおくぼただちか》派の対立があったと平八郎は理解している。

家康も、長安が有力な豊臣恩顧の大名池田輝政《いけだてるまさ》や奥州の独眼竜伊達政宗《だてまさむね》と親しかったということを警戒していたらしく、長安は家康と本多派に陥れられたというのかもしれなかった。

「とまれ、才ある者は才に溺れ、身を誤らせることがある。まずはご覧あれ、豊島殿」

平八郎は、水野に勧められるまま、その冊子を手に取った。

パラパラと捲ってみる。

書面には、丁寧な筆致で金山名と所在地、金山の位置とその開発状況、それに推定埋蔵量までがびっしりと記されていた。

「これはあくまで写しでござっての。いま一冊は、甲府藩にお預けしてある」

弥次太夫は、平八郎の掌中の冊子を覗きこみ、

「ここをごらんくだされ。黒川金山のところでござる。大久保長安は、黒川金山の推定埋蔵量を百万両と記しておる」

「百万両でござるか」

平八郎は玄哲と顔を見合わせた。

「このことを甲府藩に伝えたところ、そのような埋蔵量、あろうはずがない、なにかの間違いではないか、との返答がかえってきた。甲府藩の申さるるには、先般、藩をあげて調べ直した時には、すでに黒川金山は枯渇して、瓦礫《がれき》の山と化していたということであった。だが、大久保長安ほどの男が、偽りの記録を残すとも思えぬ。あるいは、まだ手つかずの鉱脈があるのやもしれぬと思うのでござる」

「あるいは、この調書について、幕府もまた何かを摑んでいるのかもしれませぬな」

平八郎が、調書を弥次太夫に戻して言った。

「たしかに長安は、何かを隠して死んだのやもしれぬ。何処かに手つかずの鉱脈があるのか。それとも……」

「どういうことだ、水野殿」

玄哲は、達磨のような大きな双眸《そうぼう》を見開いた。

「大久保長安は、もとは武田家の財務を預かっておった立場。武田家の埋蔵金の所在を知っていたとも考えられましょう」

「武田家の埋蔵金か。それは面白いの」

「武田家の旧領には、あまたの金山がござった。武田家が戦国一の強さを誇ったと言われるのも、その金鉱の財力に負うところが大きかったはず。武田家の滅びて後も、その埋蔵金はいまだに何処かに眠っている可能性は多いにありましょう」

水野の言葉に、平八郎と玄哲が顔を見合わせた。

「いやいやこうした話には、年甲斐もなく心を躍《おど》らされるものだが、世に埋蔵金伝説はあまたあるものの、出てきたためしはないと申すぞ」

玄哲は、水を差すように言った。

「だが、幕府もまた甲斐にいまだ眠れる金山があると考えておるらしいこと。我が殿も、さらに調べてみる価値はある、としきりに申されておる。吉宗、天英院等紀州一派との暗闘はこれからも続こう。軍資金はいくらあってもよい」

「穏やかではございませぬな」

平八郎は苦い顔で、弥次太夫を見かえした。

平八郎は、もはや幕府と尾張藩の対立に油を注ぐようなことはしたくない。

「ともあれ、反吉宗の旗色を鮮明にする我が藩としては、幕府の力となるようなことはぜひとも阻止しとうござってな。幕府が領地替えを決する前に、甲斐の金はなんとしても抑えたい」

水野弥次太夫は、確かめるように言った。

「そこでだ、豊島殿――」

水野は、あらためて膝を詰めた。

「まあ飲め、平八郎」

玄哲が、大徳利の酒を平八郎にすすめた。

「そこもとにお願いしたきことは、甲斐に潜伏し、金山を嗅ぎまわる幕府の密偵どもを追い払っていただきたいのだ」

「黒鍬者でござるな。きゃつらとはすでにひと悶着ござった。されど、黒鍬者は近年二百を越える大所帯になっており、それがし一人が勇んだところでどうなるものでもありますまい」

「なに、甲斐に潜入しておる者は、そのうちの数十名にすぎぬ。そこもとの腕をもってすれば、追い払うくらいのことたやすかろう。せめて甲府藩が新たな鉱脈を探り当てるまでのあいだだ。ぜひともお力をお貸しいただきたい」

水野弥次太夫は盃を置き、酒膳を脇にどけて両手を付いた。

「考えておきまする。ただ今は、中村座の仕事が多忙にござる」

平八郎は水野を斜めに見て、不機嫌そうに盃を呷《あお》った。

第三章　鬼小町一刀流

一

「ようやく、いい役者絵になったよ」

絵師奥村政信が、跳ねるような足どりで大御所の部屋から飛び出してきた。

すっかりしおれていた團十郎が、ようやく元気をとり戻し、気前よく大見得を切ってくれたおかげで、顔がきまらないばかりにのびのびになっていた『曽我五郎』の役者絵が、ようやく仕上がったという。

このところ、江戸市中の團十郎人気はいちだんともの凄く、句集から台詞《せりふ》集まで飛ぶように売れている。

この『曽我五郎』、春先まで公演を続けていた演目『曽我暦開』の人気にあやかって、このところめきめきと頭角を現してきた浮世絵師奥村政信に描かせたものである。

「ようやく大御所の元気が戻って、座員一同ほっとしてまさァ」

浮き足で階段を降りていく政信を見送って、弥七が平八郎にそう耳うちすると、突然大御所の部屋から大きな怒鳴り声が聴こえた。

大御所が弟子の八百蔵に稽古をつけてやっているのだが、

――ろくに台詞もおぼえちゃいねえ、
とおかんむりのようである。

「あれじゃあ、八百蔵がかわいそうだ。大御所の台詞おぼえのよさは、半端《はんぱ》じゃないからね」

横で、伝七翁が両腕を袂につっこんだまま同情するように言った。

これより数年前、大御所の扮する外郎《ういろう》売りのその弁のなめらかさに、観客はしばらく喝采も忘れて茫然となり、後々まで、

――お江戸の名物男、
と語り継がれたものである。

「早口なだけじゃなくて、ものおぼえのよさも凄いお人だよ。とにかく、いつまで経っても忘れやしない。きっと、朱美のことだって、簡単には忘れるこたァできないは

ずだ」

「さようでございましょう」

あれほど朱美に惚れこんでいた大御所を思えば、平八郎もさすがに不憫に思えてくるのであった。

「だがその大御所も、ようやく動きだした。こりゃ、いよいよ立ち直ってきなすったって証拠だよ」

伝七翁は、うむうむと頷いて破顔した。

その時、階段を駆けあがってくる荒々しい足音があって、木戸番の達吉《たつきち》が、

「豊島先生、お客人で」

大声で、声をかけてきた。

「どなただね」

「それが、若衆髷の若侍で」

平八郎は首を傾げた。江戸に出てまだ半年あまり、平八郎にそのような歳の若者に顔見知りがあろうはずもない。

(はて、誰であろう……)

「それが、なんだか人っ気のねえ芝居小屋をめずらしそうに眺めまわしているばかり

で、どなたでしょうかと名を訊いても、恥ずかしそうにして名も名乗らねえんで。妙なお人でございますよ。豊島先生はいらっしゃいますか、の一点張りで」

（はて、妙だな……）

平八郎は顎を撫でた。

「どのようなようすの人だ」

「それが、役者にしてえくらいのえらい美形で。ありゃァ、女形にすりゃァ、大受けになること請けあいでさァ」

「ほう」

仕事熱心な伝七翁が、弥七と顔を見合わせた。

平八郎は急ぎ階段を下り、一階大向こうをぐるりと見まわすと、どこかで見たような若侍が、桟敷《さじき》席の中央に佇み、こちらに横顔を向けている。

近づいて、平八郎ははっと息を呑んだ。

「美和《みわ》どのではございませんか！」

平八郎の剣の師井深宅兵衛の一人娘である。

縦縞模様の米沢《よねざわ》織りの小袖に、旅袴、大小とも細身だが、立派なこしらえである。

色白のふっくらとした面貌、涼やかな双眸が、平八郎を見て微笑んでいる。

なるほど、木戸番が女形にしたいほどの美男と言ったのも無理はない。美和は、れっきとした女なのである。

それも、久しぶりに見る美和は、平八郎も目を瞠《みは》るほどに麗《うるわ》しかった。

その美和が、奇妙なことに男装をしている。平八郎はあらためて美和の姿を上から下まで眺めまわした。

「そのようにご覧になられては困ります」

美和は、女らしく小さく体を振って恥じらってみせた。

平八郎は九年前、姉の絵島の風紀事件に連座し、重追放の処分を受けて、妻艶《えん》と一子吉十郎を伴い、会津に逃れた。

その時に頼ったのが、遠縁の会津藩士白井五郎太夫《しらいごろうたゆう》であった。

以来八年のあいだ、平八郎は白井家に逼塞《ひっそく》して剣の修行に明け暮れていたのだが、剣の師井深宅兵衛のもとで毎日のように稽古に励み、師のひとつぶダネ美和とも、親しく接してきた。

美和がまだ十か十一の時分、平八郎は手を引いて城下の山桜を見に連れていったのを今でも覚えている。手を引いたり、おぶってやると、

――おじさま、おじさま、

と懐《なつ》き、実の娘のように甘えてきたものであった。

長じてからは、会う機会がめっきり減ってしまったせいか、吉十郎とさほど歳のちがわない美和は、今も平八郎の心の中ではまだあの頃の少女のままである。

その後、男子のない師井深宅兵衛は、剣の道統を伝えるべく、秘かに美和に溝口派一刀流を学ばせていたらしい。

剣の達人の名を欲しいままにする父宅兵衛の薫陶《くんとう》を受け、美和の剣は目を瞠る上達を遂げた、と平八郎は息子の吉十郎から聞いている。

その剣は、秘かに会津藩深く浸透し、〈鬼小町〉として噂されるまでになっているというのである。

その後、平八郎は一度だけ美和と立ち会うことがあったが、噂どおり美和の剣は本物であった。平八郎とて、十本に一本は取られてしまうのである。ことに、溝口派一刀流秘伝の太刀筋は、さすが父の井深宅兵衛の薫陶よろしく平八郎より美和は一枚上手《うわて》であった。

（なにゆえ、この江戸に……？）

「じつは」

美和は、平八郎の叔父白井五郎太夫から託されたものがあると、膨らんだ小袖の胸を押さえた。衿先から、わずかに紫の袱紗が覗いている。

「大切なものゆえ、ここでお見せすることはできませぬ。後ほど」

毅然と唇を引き締め、美和は言った。

「しかし、なにゆえその装い、まるで若衆ではござらぬか」

父井深宅兵衛に似て額が高く、眉目秀麗な美和は、一見して男子と見まごうほどに凛々《りり》しく逞しい。

「父の申しますには、このほうが道中も危険が少なかろうと」

「では、ござろうが……」

「なんの。道中、なにかと不便なこともありましたが、藩の手形を男名前で取りましたゆえ、見破られることはありませんでした」

なるほど、懐中から取り出して見せてくれる手形には、
井深義美、
とある。偽名である。これは、どうやら藩ぐるみの企てらしい。

男装ゆえに、美和は貴重な体験をしたという。入浴は深夜、男客が途絶えてからこっそりと入り、酔客にからまれて口論となれば、見破られてはまずいとそそくさと去った、そんな風変わりな旅が面白かったと美和は言う。

「男になってみると、女がずいぶんと損な役まわりであることも知りました」

美和は、ちょっと口を尖らせてみせた。

「なるほど。この浮き世、たしかに男が中心に動いてござるな。されば美和どのは、男と女、どちらがよろしいか」

「やはり、女がよいかと……」

美和は、そう言って頰を紅らめはにかんだ。

「女人の世界は、うかがい知れませぬな」

平八郎はからからと笑った。

「それより、吉十郎どのはいずこにおられます。お久しぶりにお会いしとうございます」

美和は、俄かに真顔となって芝居小屋を見まわした。

「ここにはおりませぬ。困った奴で、このところお局さま方の家に入りびたっておりましてな」

「お局さま……？」

美和の面《おもて》が俄かに曇った。父宅兵衛から、吉十郎がお局方にことのほか歓待されていると聞いてきたらしい。

「そのお局さま方とは、平八郎さまの姉上絵島さまのもとではたらいておられた方々でございますね」

「さよう。吉宗公の代になってから、大奥を追い出された若いお局さまもおられます」

美和は、困惑の色をますます濃くした。

平八郎は、なるほどと微笑んだ。

美和の父井深宅兵衛は吉十郎の剣の天分を高く評価し、いずれ吉十郎を養子に貰いうけ、溝口派一刀流の道統を継がせたいもの、と冗談半分に平八郎に語ったことがあった。

冗談半分にそう言ったのであろうと、平八郎は気にもとめていなかったが、美和のようすからみて、井深父娘はやはり今もそのつもりでいるのかもしれない。

井深宅兵衛は大恩ある平八郎の剣の師であり、井深家の家柄も会津の名族、その縁組になんら異論はないが、養子縁組となればいささか躊躇《ちゅうちょ》するところもある。平八郎自身も白井家から豊島家に入り、窮屈な思いをしたことがあった。

「吉十郎が気になりまするか……」

苦笑いしながら、平八郎は美和の横顔をいまいちどうかがった。

「ひとまず、美和さまもお局のもとにまいられませ。お局方の中には、美和さまとさして変わらぬお歳のお方もおられます。きっと話も合いましょう。いずれご紹介いたしまする。あちこち江戸を案内していただくといい」

「はい」

美和は、うつむいたまま返事をした。

「美和さまは、江戸でなにを見とうござるか」

「むろん、歌舞伎でございます」

「歌舞伎を」

平八郎は驚いて、美和を見かえした。

井深宅兵衛は、江戸から戻ってからというもの、江戸の大歌舞伎がいかに面白いものか、連日のように美和に語ってきかせたという。

「もう耳にタコができるほどでございました」

美和は、父を思いかえして苦笑いした。

「話を聞くたびに、胸中に舞台のようすがありありと思い浮かび、ひと目見たさに胸が弾けてしまいそうでございます。一刻も早く江戸に着き、歌舞伎を見たいものと、旅路の足も速まりましてございます」

「しかし、生憎今《あいにく》は公演中ではありませぬ……」

芝居小屋を見まわした。天井から淡い木洩れ陽が差しこんでいるが、客席は人影もなくほの暗い。

「それは、残念にございます」

美和は、ありありと失意の色を浮かべ、眉を曇らせた。

「その話は別として……」

美和は、ふたたび眉を寄せ、平八郎を見つめた。

「吉十郎さまが、妙齢のご婦人とご一緒であるのは、父上さまとしてはお困りではございませぬか」

「はて、それがし男親ゆえ、そのあたりのことまでは気がまわりませせなんだが……」

平八郎は、苦笑いして美和を見かえした。

「よからぬことと存じまする」

美和は、まっすぐに平八郎を見つめ、自分に納得させるように頷いた。

「注意しておきましょう。それより、本日はどちらにお泊まりになられる」

「忍びの旅ゆえ、藩邸にはまいりませぬ。しばらくは父上同様、平八郎さまのお宅に住まわせていただきます」

美和は、屈託《くったく》のない口ぶりで言った。

「しかしながら美和どの……、裏長屋の暮らしをまことにご存じか」

「はて、長屋暮らしは父からたびたび聞いておりますが」

「六畳一間のぼろ長屋でござるぞ。あなたのような妙齢のご婦人がお暮らしになるところではござらぬ」

「いっこうにかまいませぬ。父も、手狭ではあるがずっとそのまま暮らしていたいと思うほどよい所であったと申しておりました。ご近所の方々も皆よい人ばかりで、人の温かさ、情の深さは会津を凌ぐほど、と申しておりました」

「されど……」

「けっして贅沢は申しませぬゆえ」

美和は、両手を合わせて懇願した。

そこまで頼みこまれれば、平八郎にはもはや拒む言葉が見あたらない。

平八郎は仕事が残っていたので、ひとまず美和に吉十郎のもとに向かうことを指示した。

「わかりました。その前に、いちどだけ芝居小屋というものを見物させていただいてよろしうございましょうか」

美和は、目を輝かせて芝居小屋を見まわした。

「しかしながら……、今は興行前で人気《ひとけ》もなく。それに、女人は楽屋に入らぬしきたりにて」

「そこをなんとか……」

美和はまた両手を合わせ、片目を小さく開けて平八郎をうかがった。

「されば楽屋で、お局方の家までの地図を描いてさしあげよう。ただしお静かにな」

平八郎がやむなく美和をひき連れ自室に籠もると、二人を遠巻きにしていた座の連中が、さっそく板戸を細く開け中のようすをうかがいはじめた。

「美和どの、いたしかたない。皆さんをご紹介いたそう」

平八郎は、苦笑いして後ろを振りかえり、皆を迎え入れた。

二

一座の役者たちばかりか、伝七翁にまで歓待された美和が、ようやく中村座を後にしてお局さま方の館〈女御ケ島〉に向かったのは、それから一刻（二時間）あまりも後のことであった。

平八郎は、ひと仕事終えると、利兵衛長屋に戻って遠来の珍客を迎えるため、部屋の片づけを始めた。

「平さんが、そんなことを始めるなんて驚いたよ。雪でも降るんじゃないかね」

九尺二間の手狭な部屋を、不器用な手つきで片づけはじめた平八郎に、隣のお徳が壁の向こうから声をかけた。

「お客さんかい」

「ご師範のお嬢さまが来られるのです」

「あの剣術の大先生の娘さんがいらっしゃるのかい。そりゃ、放っとけないね」

連れ合いの辰吉が大声を張りあげると、その声が一軒置いてお光の家にまで届いたらしく、外でカラカラと下駄の音がして、

「あたしも手伝わせてください」

お光が、腰高障子をからりと開けた。

長屋の面々が総出で、美和を歓迎する夕餉の支度を整え終えたが、肝心の美和と吉十郎が五つ（八時）を過ぎても帰ってこない。

「どうしたんだろうねえ。せっかくこさえた料理がすっかり冷めちまったよ」

お徳とお光が顔を見合わせたところに、表の油障子がガラリと重い音を立てて、い

きなり美和に担がれた吉十郎が、土間に雪崩《なだれ》こんできた。吉十郎は背に傷を負っているらしく、小袖に血が滲んでいる。

「どうしたのだ！」

平八郎が玄関先まで飛んでいくと、

「不覚にも、闇討ちにあい……」

吉十郎が唇を歪め、悔しそうに呻《うめ》いた。

美和が代わって語るところでは、帰路、大川沿いの御米蔵の裏手にさしかかったところで、暗がりからいきなり数人の男が現れ、吉十郎に斬りかかったという。

吉十郎は、とっさに剣尖をかわし、反撃に転じたが、多勢に無勢、闇のなか斜め方向から延びた白刃が、吉十郎の背をわずかに裂いたという。

美和が、意を決して反撃に転じると、相手は軟弱そうな若侍が意外に手強いのでひどく面食らい、散々に捨て台詞を吐いて去っていったという。

吉十郎の小袖を脱がせてみれば、傷はさほどのことはない。

「お気ばりなされ、吉十郎さま。これしき、傷のうちにも入りませぬ」

美和が、姉さまぶった口調で言った。

「無念でございまする。この闇夜ゆえ、相手の太刀筋が読めませんでした」

吉十郎が、眉間を怒気に染め、悔しそうに言った。

美和の一太刀には手応えがあったそうで、相手は負傷しているはずという。

「きっと、裏木戸のところでうろうろしていた男たちだわ」

お光が、茶箪笥の引き出しから金瘡《きんそう》の膏薬《こうやく》を取り出し、手際よく吉十郎の手当を始めた。それを、皆が心配そうに見ている。

「さして深手ではない。半月もすれば傷も癒えよう」

平八郎の見立てに、見守っていた者たちのあいだから安堵の吐息が漏れた。

「ちょっとお待ちよ」

お徳が家に戻り、手ぬぐいを取ってくると、細く切り裂いて脂紙の上に当てた。

「包帯がないわ」

「とりあえず、新しいさらしがある」

辰吉がそう言うので、お徳がそれを取ってくると、手際よく吉十郎の背に巻いた。

応急処置が終わると、皆の顔にふたたび深い安堵の色が浮かんだ。

「いちど宗庵《そうあん》先生に診《み》てもらったほうがいいな。藪医者ともっぱらの評判だが、あれで、どうして大御所の傷もすっかり癒えた。それにしても、これはいったいどうしたことだ、吉十郎」

平八郎が、いぶかしげに吉十郎の横顔を覗き、厳しく諫めた。

「わかりませぬ……」

「わからぬでは、わからぬ。道場破りの恨みではないのか」

険しい口調でさらに平八郎が問い質すと、美和の顔色が俄かに変わった。

「吉十郎さま、それはどういうことでございますか」

吉十郎は父と美和に問い詰められ、しぶしぶと口を開いた。

「その……、これは道場破りなどという大それたものではなく……。美和さま、御師範には内々にお願いします」

吉十郎は、美和に向かって手を合わせた。

「吉十郎、相手が何者か、おまえにはわかっておるのであろう」

「それは……」

「柳生新陰流《しんかげりゅう》道場の者だな」

「いえ、その……」

「吉十郎どの、このこと、やはり父に報告せねばなりませぬ。父はさぞやお怒りになりましょう」

美和は、真顔になって言った。

「破門でございますか……」

「その、お覚悟もなさねばなりませぬ」

美和が、きびしい眼差しをかえすと、

「すべて隠さず申しまするゆえ、ご内密にお願い申しあげます」

「されば、まことを申されませ」

美和は、相好《そうごう》を崩し、あらためて膝を詰め吉十郎に迫った。

「たしかに柳生新陰流道場でござります」

平八郎には、まだどうにも事情がつかめない。

「柳生流は将軍家の剣術指南役、まこと他流試合に応じたのか」

「はい、偽りは申しません」

「何処の道場だ」

「柳生藩邸内の練武場《れんぶじょう》にございます」

「藩の道場と申さば、葺屋町《ふきやちょう》の上屋敷内であろう。だが、よく他流の者を招き入れたものだ」

「それが、上屋敷の表門はつねに開いており、町人も勝手に入りこんで道場の稽古を覗いておりまする」

「柳生新陰流では、そのようなことをしておるのか」

平八郎は驚いて、吉十郎を見かえした。

溝口派一刀流は会津藩お留め流で、固く他流試合を禁じており、むろん稽古も公開していない。

(柳生藩は、将軍家剣術指南役が表看板。それゆえ剣名を誇示して藩の体面をつくっておるのかもしれぬ……)

平八郎は、それなりに得心して顎を撫でた。

「それにしても、吉十郎はよほど恨みの残る試合をしたもののようだ」

「なにもしておりませぬ。ただ、その、立ち切りの稽古と申し、次から次に打こんでまいりますゆえ、私も次第に余裕を失くし、何人かを力まかせに打ち据えてしまいました」

「その者ら、どうなった」

「気を失い、戸板で奥に運ばれました」

「平八郎さま……」

美和も、話を聞くうちに青ざめはじめた。

「このままでは、柳生新陰流と溝口派一刀流の流名の対決に発展せぬともかぎりませぬ。会津藩にご迷惑が及んでは困ります」

　美和は、すがるように平八郎を見つめた。

「いずれにしてもこの争い、慎重に対応せねばなるまいな。吉十郎、流派を問われたか」

「一刀流とのみ」

「こ奴、逃げも打っておったか」

　平八郎は、舌打ちして吉十郎を見かえした。

「平さん、ひとまずおれが柳生道場を探ってこようか」

　辰吉が、ふと思いついたように言った。

　辰吉は、棒手振《ぼてふ》りの蜆《しじみ》売りである。界隈は元吉原の町人街で、商いでしじゅう通りかかるという。

「いえ、もしものことがあっては、辰吉さまに難儀が降りかかりましょう。ひとまず私が探ってまいります」

　美和が、思いさだめて言った。

「美和どのが……」

「大丈夫でございます。また女の姿に戻ります。見物人に混じって道場の格子越しに中のようすをうかがうだけでも、なにかが摑めましょう。けっして道場内に入って試合するわけではありませぬゆえ」

「いささか心配だが、されば美和どの、よろしく頼む。ゆめゆめ勝負など挑んではなりませぬぞ」

「もとよりのこと。刀も帯びずにまいります。なんらご心配にも及びませぬ」

「まことに、あいすみませぬ」

吉十郎が、めずらしく美和に向かって神妙に頭を下げた。

「それにしても、吉十郎さまにはこれから先が思いやられますね」

美和が、溜息まじりに吉十郎を見かえすと、

「これから先って……？」

辰吉とお徳夫婦が、狐につままれたように顔を見合わせるのであった。

平八郎は、吉十郎と美和を見くらべてにやにやとしている。

三

お徳辰吉夫婦とお光の三人が、美和のために床《とこ》を延べて帰っていくと、平八郎は吉

十郎の寝顔を一瞥《いちべつ》し、やおら美和を呼び寄せた。

「して、叔父御がそれがしに託されたものとはなんでござろう……？」

平八郎は、布団の上に行儀よく座りこんだ美和の顔をうかがった。

「じつは、古い絵図面でございます」

美和は、隣家のうかがえる壁の穴を見やって、いちだんと声を落とした。

「絵地図ですと……？」

平八郎は思わず声をあげ、美和と同じように古壁を一瞥した。

「最近になって、突然幕府から会津藩に問い合わせのあった、いわくつきのものだそうにございます。なんでも、白井五郎太夫さまの数代前のご先祖さまに、時の会津藩主保科正之《ほしなまさゆき》さまがお下げ渡しになられたものだそうにございます」

そう言って、美和は紫の袱紗を平八郎の膝元にすすめた。

保科正之は、会津松平家立藩の祖で、会津藩にあっては神のごとく崇《あが》められる人物である。徳川家二代将軍徳川秀忠《ひでただ》公と側室お静《しず》の方のあいだにできた子であったが、恐妻家の秀忠公が正室お江《ごう》の方に気兼ねし、保科家に養子に出した。

成長した正之は兄家光の信頼を受け、三十三歳にして会津二十三万石へ転封されるやしばらく藩政に専念していたが、家光の遺言により四代将軍家綱《いえつな》の補佐役を引き受け、晩年は幕政の改革に打ちこんだと、平八郎は聞いている。

その藩祖保科正之が手に入れた絵地図であれば、おそらく幕政に関与した晩年のものであろう。

平八郎は、行灯の灯りを引き寄せ、袱紗を開いてみた。

現れたのは、黄ばんで擦り切れかけた一枚の絵図面であった。

墨の跡も消えかけ、文字も判読が難しかったが、中央に描かれたなだらかな山の姿が三つ、はっきりと読みとれた。

『甲斐ノ国金山絵図《かいのくにきんざんえず》』と絵地図の上端に太い筆で記されている。

「言い伝えでは、これは大久保長安が隠し金山の所在を記したものだそうにございます」

「隠し金山……、それはまことか！」

平八郎は、息を呑んでいまいちど絵図面を見かえした。

それにしても奇遇であった。数日前、唯念寺で尾張藩留守居役水野弥次太夫から、この話を聞いたばかりである。

「なにゆえ叔父御がこの絵地図を――ふむ。詳しく話していただけまいか」

平八郎は腕を組み、美和を見かえした。

「話はおよそ七十年ほど前に遡《さかのぼ》るそうにございます。藩祖保科正之公が四代将軍家綱様を後見なされていた頃のことだそうにございます。平八郎さまは、明暦《めいれき》の大火をご存じでございましょう」

「振り袖火事か。むろんだ」

その話は、平八郎もよく知っている。

江戸の町娘が寺小姓にひとめ惚れし、その小姓が着ていたものと同じ模様の振り袖を作らせて着ていたが、ふとしたことでこの娘は死んでしまった。

娘の両親は哀れんで亡骸《なきがら》を入れていた柩《ひつぎ》にこの振り袖も入れてやった。

ところが、これが盗まれてしまい人の手を点々とするうちに、怪奇な出来事が続いた。この振り袖を着た娘は次々と死んでしまうのである。

怪訝に思った本郷丸山の本妙寺《ほんみようじ》の住職が供養して焼却したところ、振り袖は大空に舞い上がり隣家に引火してその火は神田から、京橋方面へと燃え広がり、三日にわたって燃え続けた。

江戸城も天守閣、二ノ丸、三の丸が焼け落ち、ようやく火は鎮《しず》まったという。

「藩祖さまは、江戸の町の復興財源にご腐心なされ、江戸城ご金蔵に退蔵《たいぞう》されていた大久保長安の黄金をあらかた使い果たし、さらに復興資金を求めてこの絵地図に記された埋蔵金の行方を調べさせたそうにございます。しかしながら、調べれば調べるほど、この絵地図が得体の知れぬものであることに気づき、ついに匙《さじ》を投げて会津若松城の書庫に仕舞いこまれてしまいました」

「ふうむ。いわくつきの代物《しろもの》というわけだな」

美和の話では、この絵地図はその後長らく打ち捨てられていたが、ある酒の席で正之公は白井家の先祖にこの絵図面の一件を訊ねられ、それほど興味があるなら、と戯れ半分に与えたのだという。

「白井家のご先祖さまは、それはもうお喜びになり、以来、この奇妙な絵地図は白井家の家宝となったのだそうにございます」

美和はそこまでを語り終え、平八郎をまた見かえした。

「なるほど、委細は承知した。しかしながらそのような話、叔父上からは一度として聞いたことはなかったが」

「お家の秘中の秘でござりますゆえ」

美和は微笑んだ。

平八郎は、あらためて膝元の古びた絵地図に目を落とし、皺《しわ》を伸ばした。

中央に鶏冠山《けいかんさん》と記された山が描かれ、その脇に、

三日月山三本松、
獅子岩二十間、
篠路《しのろ》有、
水路十七本、
玄方《げんぽう》十八間、

と、わけのわからぬ符牒《ふちょう》が踊るような文字で記されている。

「それにしても、これではなんのことやらわからぬな」

「はい。藩祖さまも多くの鉱山師を派遣し、この絵地図にある鶏冠山なる山を調べさせたそうにございますが、ついに諦められたとのことでございます」

「さようであろう。叔父上も、妙なものを託されたものだ」

「されど、幕府はそう思うてはおらぬようす。五郎太夫さまのお話では、昨年、幕府よりこの絵地図について、内々に問い合わせがあったとのことでございます」

「妙な……。この絵地図のこと、幕府は何処で知ったのであろう……」

「白井五郎太夫さまのお話では、おそらく江戸城内の紅葉山文庫に残る保科正之公の調書を見たのではないかと申されておりました」

「して、ご藩主正容《まさかた》様は、幕府からの問い合わせになんと応えられたのです？」

「保科正之公は不要のものとしてご処分になられたはず、とのみお応えになられたそうにございます」

「それは上々。殿もなかなかおやりになる」

平八郎は、藩主松平正容の機転に素直に感心した。

「五郎太夫さまは、甲府藩の白井清兵衛というお方から、甲府藩と将軍家が甲斐の金山をめぐって争っていることを報らされ、なにかのお役に立てばと、平八郎さまに託されたのでございます。五郎太夫さまのお話では、この絵地図はまことに怪しきものなれど、幕府の不審な問い合わせからみて、その真偽のほどいまいちど調べてみる価値はあろうと申されておりました」

「さようか」

「叔父上さまは、平八郎さまに直々にお届けしたいのはやまやまなれど、幕府の目もあるため、江戸から戻った父宅兵衛に話を持ちかけられたところ、それなれば、と父はこの私を使者に立てたしだいにございます」

「なるほど、叔父上の御好意を無にすることはできませぬ。されば、折を見て甲府藩にお届けするといたしましょう」

丁重に絵地図を包み、ふと吉十郎を見やると、寝息が乱れている。目を閉じたまま、じっと二人の話に聞き耳を立てているらしかった。

「長旅はお疲れでしょう。美和どのはお休みくだされ」

平八郎は美和を床に向かわせると、吉十郎の枕元に行き、

「今の話、藩の大事ゆえ、けっして口外いたすな」

搔巻《かいまき》布団に手を当てて呟いた。

「わかりましてございます」

吉十郎は小さく頷いて、カッと目を開くのであった。

四

翌朝、美和はお光の用意してくれた黒豆と揚げ豆腐、それに辰吉のところの蜆汁を美味そうに平らげた。

「どうです、お嬢さま。江戸の味は」

お徳が、せいいっぱい上品な口ぶりで美和に訊いた。

「江戸の味はやはりちがいます。ことに蜆汁は絶品、お光さまの八杯《はっぱい》豆腐も、この味は会津にはありません」

「そんな。これ、ご近所で買ってきたものですから……」

お光はくすくすと笑った。美和のお上手は、なかなか見事である。

「美和さまは剽軽《ひょうきん》なお人だよ。会津の人はみんなそんな感じなんですか」

お徳が不思議そうに訊ねると、

「いえいえ、私は特別です。もっと行儀よくせよと、いつも父に叱られております」

「あの先生がねえ。怒った顔をいちど見てみたいもんだよ」

お徳は井深宅兵衛の求道者のような厳しい一面を知らないので、そう思うのも無理はない、と平八郎はにやにやしながら聞いている。

こんな調子で、美和は朝から上機嫌で、葺屋町《ふきやちょう》の柳生上屋敷に向かった。

平八郎が付き添っている。この柳生藩邸のある界隈は旧吉原の跡地で、中村座のある堺町とは目と鼻の先にあり、平八郎にも土地勘がある。

「ここが、剣の名流柳生藩の上屋敷か……」

同じ剣の道を志す平八郎は、感慨深げに表門を見あげた。

わずか一万石あまりの小藩にすぎないが、柳生藩は将軍家剣術指南役として二代将軍秀忠以来、代々の将軍に剣術を教え、その幕府内の地位を築いてきた。

藩主は定府《じょうふ》でつねに江戸にあり、小藩のわりに江戸詰めの藩士が多い。袋竹刀が高々と鳴り響いている道場は、藩の講武館のような存在らしい。

現藩主は柳生俊方《としかた》、藩祖柳生宗矩《むねのり》から数えて五代めの藩主で、宗矩の孫宗春《むねはる》の子に当たる。

風の便りでは、俊方には子がなく、他藩から養子を取ったという。

美和は、お光から借りた梔子《くちなし》色の小袖で、すっかり女らしい装いに戻っている。よもやこの娘が、会津において溝口派一刀流の師範代をつとめるほどの腕と知る者はないはずであった。

美和と平八郎は、初めのうちこそこっそりと表通りから藩邸をうかがっていたが、門はずっと開いたままで、中から微かに竹刀を撃ち合う小気味よい音が聞こえてくる。

二人はしだいに門近くまで歩み寄っていった。

「これなら、大丈夫です」

美和は明るく笑って、平八郎に別れを告げ、ひとり門内に入っていった。

表門脇の藩道場では、なるほど格子窓から稽古を見物する商人や仲間《ちゅうげん》の姿もちらほらある。

た。

（思いのほか、開かれた藩らしい……）

美和は格子窓に歩み寄ると、行商人らしい男の脇に寄って、爪先立ちして中を覗いた。

道場は、稽古の真っ最中であった。畳三十畳ほどの広さの稽古場には、四方一列にびっしりと門弟たちが詰めている。その数二十名あまり、いずれも厳《いかめ》しい眼差しで、中央の数組の稽古試合を見つめていた。

みな柳生新陰流独特の袋竹刀に、白衣、袴を着けている。〈後《ご》の先《せん》〉が基本の流派だけに、間合いも大きい。

美和もしだいに熱が入り、気がつけば格子窓に額を押し付け、中を覗いていた。道場の門弟たちも、美和に覗かれていることなど気に留めるようすもない。

（柳生新陰流とは、このようなものか……）

美和は軽い失望を感じた。柳生新陰流は、溝口派一刀流とは比較にならない名門であり、将軍家のお家流である。ところが、右旋左転するものの、撃ちこみは力なく、体の捌きにも無駄が多い。

（今日は、門弟が揃っていないのかしら……）

そう思ってみたが、やはり溝口派一刀流と比べて、どうしても、

——この程度のものか……。

と思ってしまうのである。

美和は、しだいに侮《あなど》りをもって門弟たちを見るようになっていた。

打ちが浅ければ、

「ああ」

と微かな失意の声をあげている。

へっぴり腰の拝み撃ちには、

「なんたること」

と嘲《あざけ》ってしまうのであった。

「いかがかな」

美和のすぐ脇で、いきなり声があった。美和はふと振りかえると、まだ年若い侍が美和を見て笑っている。

歳は美和とほぼ同年齢か、それともやや上か。着流しの軽装だが、身に着けているものは絹の一重《ひとえ》である。大身の旗本か、大名家の若君か、いずれにしても身分ある武士と見えた。

「これではいけませせぬな」

若い侍は、あけすけに道場の稽古を非難した。

「まこと、将軍家指南役の剣が、これではいかんと思う」

若侍は、もういちど繰りかえした。

「なんのことでございましょう」

美和が、惚《とぼ》けて問いかえすと、

「なんのことはないであろう。そなた、先刻から溜息をついたり、舌打ちをしたり、あきれかえったりしておられた」

美和は赤面した。道場の練習試合に目を奪われて、横からこの男に見られていることにまったく気づかなかったのである。

「見たところ、女人ながら剣の心得がおありのようだ」

「いえ、そのような……」

「隠してはいけません。あなたを見れば、相当の腕をお持ちであることはよくわかる」

美和は、咄嗟《とっさ》にあたりを見まわした。側に黒松がある。やむをえぬ場合は、これを楯にとってひと暴れする覚悟を固めた。

「よいのです。女だからといって剣を揮《ふる》っていけないということはない。それより、率直にご意見をうかがいたい。今の江戸柳生をどうご覧になった」

「江戸柳生……?」

「ご存じないか。柳生新陰流は今、江戸柳生と尾張柳生の二派に分かれている」

「それは、うかがったことがあります……」

「答えは聞かずとも顔に書いてあるな。柳生新陰流といえば、将軍家のお家流と世間は高く評価しているようだが、真の道統は尾張柳生に引き継がれている」

「されど、柳生新陰流の流祖は柳生石舟斉《せきしゅうさい》さま、いずれにしても大和《やまと》の柳生宗家から派生したものと聞いております。さしてちがうものではないと思いましたが……」

「いやいや、同じ花の苗木を株分けしても、五代も継ぎ足せば、まったくの別株。ちがう花を咲かすようになるものです。今の江戸柳生は根ぐされしてしまっている」

「そのようなものでしょうか……」

美和は若侍の勢いに圧倒され、ふと考えこんだが、やはりこの男、得体が知れない。

「あなたはどなたです?」

美和は探るような眼差しで若侍をうかがった。

「はは、さればこちらも問う。あなたはどなたです?」

「これは……」

美和は、男を見かえして赤面した。

「わたしは会津にて、田舎道場を開く者の娘」

「ほう。会津といえば、当節溝口派一刀流が名高いが、ご流派は」

「その溝口派一刀流です」

「ほう。そなたとはウマが合いそうだ。さればいかがでござろう。剣談など、ひとしきり語り合おうではありませぬか。拙者、俊平《しゅんぺい》と申す当家では気楽な立場の者」

「俊平さま……。しかし、どちらで？」

「この藩邸内の片隅に私の部屋があります。なに、遠慮などいらぬ。会津の武術など、ぜひうかがいたいものだ。ささ」

俊平は、美和の腕を引き、有無を言わさず表玄関に向かって歩きだした。美和はその強引さに根負けし、しぶしぶ後に従った。


「で、その男はいったい何者だったのです？」

利兵衛長屋に夜遅く戻ってきた美和に、平八郎が待ちかねたように問いかけた。

平八郎の脇で、吉十郎が小さくなって聞き耳を立てている。

「いまだにわかりませぬ」

「しかし、五つ半（七時）まで、ご一緒だったのでしょう」

「はい。話が面白く、ついつい長居をしてしまいました。夕餉までご馳走になり……」

美和は、屈託のない口ぶりで話を続けた。

「あきれた美和どのだ。あなたは生粋の会津人ゆえ、あまりにひと擦《ず》れしておられぬ」

「田舎者とおっしゃりたいのでしょう」

「いえいえ、けっして。むろん人を信じるのはよいことだが、人はみな善人と思うていては、この江戸では生きていけません。ご用心に越したことはありませんぞ」

「それでは平八郎さまは、そのお方を悪人と申されるので」

美和は、眉をひそめて平八郎をうかがった。

「そのようには申しておりませんが……」

平八郎は、困ったように後ろ首を撫で、

「その御仁との剣談は、それほどに面白かったのですか」

話を変えて問いかけた。

「剣談はまずまずでございました。しかしながら、古《いにしえ》の柳生石舟斉殿の話、十兵衛《じゅうべえ》殿の話、天才と言われた尾張柳生兵庫助利厳《ひょうごのすけとしかげ》殿の話と、それぞれに面白く、柳生新陰流の奥深さをあらためて知った思いでございます」

「柳生といえば、やはり尾張柳生と江戸柳生とでは差があるということでしょうか」

吉十郎が、背の傷をかばいながら、いざるようにして二人のところに寄ってきた。

「そのようでございます。俊平さまは、剣ははるかに尾張柳生が上と。それより
……」

美和は、ちらりと吉十郎をかえりみて、

「吉十郎さまが、道場でなにをなされたかようやくわかってまいりました」

「それは……」

吉十郎は、あわてて首をすくめた。

「ぜひ、お聞かせくだされ」

平八郎が美和の顔をうかがうと、吉十郎はバツが悪そうにいざり去っていった。

「俊平どのの申されるには、門弟どもは将軍家指南役の奢《おご》りから、初め吉十郎さまを歯牙《しが》にもかけず、気軽に稽古試合に応じたそうにございます」

「ふむ」

「しかし、吉十郎さまが思いのほかに手強《てごわ》く、高弟まで次々に倒されるにおよんで、

にわかに色めき立ち、師範代の室伏彦四郎《むろふしひこしろう》なる者が立ち合うことになったそうにございます」

「おぼえておろう、吉十郎」

平八郎が振りかえって念を押すと、吉十郎は、

「はい」

と、小さく頷いた。

美和は、またちらりと吉十郎を見て、

「その道場破りの若者は、ひらりひらりと体《たい》をかわして容易に打ちこませませぬ。痺《しび》れを切らせた室伏は、袴の裾を蹴るようにして激しく打ちこんだところ、その者、滑るように前に転じ、室伏の肩口に袈裟懸けに一撃を加えたということでございます」

「手ごころを加えなんだのか、吉十郎」

「あいすみませぬ」

平八郎と美和の口もとから、溜息が漏れた。

「その師範代、骨を砕かれ、そのまま二日のあいだ意識が戻らなかったそうでございますが、二日後、ついに他界したそうにございます」

「なんと！」

平八郎は、目を剝いて吉十郎を見かえした。

たとえ稽古試合とはいえ、門弟の命を奪ったとあれば、恨みを買って当然である。ましてや、柳生新陰流は将軍家剣術指南役、素性も知れぬ者と立ち合って師範代が命を落としたとあれば、流名にも傷がつく。さらに、もしその者が誇らしげに他流に触れてまわれば、柳生新陰流はおろか将軍家の威信にさえ影響しよう。

「吉十郎、ようやってくれたわ」

平八郎は怒る気力さえも失って、あきれ顔でまた吉十郎を見かえし、

「遺恨は、後々まで続こうな」

重く吐息するのであった。

「しかし、これで柳生家によいかかわりができました。さいわい、門弟どもは私が吉十郎さまと縁《ゆかり》の者とは見ておらぬはず。ふたたび柳生藩上屋敷を訪れ、さらに柳生の動きを探ってみましょう。それに、俊平さまを味方につければ、門弟どもをおさえることができるやもしれません」

「その俊平どのとやらは、その話をどう語っておられた」

「莫迦な門弟どもと嗤《わら》っておられました」

「ふうむ。しかしながら、美和どのをこれ以上危険に晒すわけにもいかぬ……」

「なんの。闇討ちにあった折は、二刀を帯び、男の装いでございました。それにあの闇夜、まず私の顔をおぼえている者はおりますまい」

　美和の申し出はありがたかったが、やはり不安は残る。平八郎は両腕を袂につっこんだまま、部屋の隅に逃れた吉十郎をまた見かえすのであった。

五

「平さん、大御所が探しておられましたよ」

　大部屋詰めの八百蔵が、階段の踊り場で擦れちがいざま平八郎に声をかけた。

　五月の興行まであと一月《ひとつき》足らず、本読みも終わって、いよいよ立ち合い稽古が始まっている。中村座の役者たちは皆、初日に向かっていちだんと目の色が変わってきていた。

　平八郎が大御所に呼ばれ、三階奥の座首部屋の扉を開けると、大御所は上半身をはだけ、うつ伏せになって太田《おおた》宗庵の灸治療を受けているところであった。

　恋やつれしたあの一件以来、すっかり宗庵の灸に体がなじんだのか、大御所はこのところ宗庵に頼りきりである。

それに勝田玄哲の将棋仲間と聞けば、遠慮もないらしい。今も、大御所の背には点々ともぐさの山が乗って煙をあげている。

「平さん、昨日のことだが……」

大御所はこちらに背を向けたまま、思い出したように語りはじめた。

「芝居が終わって皆と一杯やっているとね、甲府藩の御重役白井某《なにがし》どのが供も連れずにやって来てね。木戸口で、豊島殿はおられるか、とこう言うんだよ。それで、木戸番の達吉が今日はもう帰ったと言うと、俄かにあらたまって、今度は市川團十郎殿はいらっしゃるか、と訊いたそうだ」

「はあ」

「私が応対したところ、ご藩主様からの伝言ということで、すっかりご迷惑をおかけしたので、お詫びがしたい、下屋敷で花の宴を催すので、ぜひ平さんと連れ立って足を運んでいただけまいか、とこうおっしゃるんだよ」

平八郎は、白井清兵衛の実直そうな顔を目に浮かべた。

「平さんも、一緒に行ってくれるね」

「むろんのこと。はて、甲府藩の下屋敷といえば……」

「そうさ。江戸でも一、二の名園と評判のあの六義園《りくぎえん》さ。五代将軍綱吉公もたびたび訪れになったという話だ。なんでもそこで、お歴々を招いて盛大な宴を催されるらしい」

「花見の宴でございますか。あそこは、枝垂《しだ》れ桜が見事だと申しますな」

それなら出席せずばなるまい、と大御所も思ったそうだが、

「ちょっと困った頼まれ事もされちまってね」

大御所の、声がくぐもった。

「なにかお困りで」

「ご祝儀物として、操《あやつ》り三番叟《さんばそう》を披露してはくれないかとおっしゃるんだ」

三番叟は烏帽子《えぼし》に狩衣《かりぎぬ》姿、翁《おきな》を装った役者がゆるゆると歩くように舞う出し物で、能が由来だけに芝居とはまた一風変わった所作が人気の古典舞踊である。

「よいではございませぬか。大歌舞伎の舞を堪能していただいては」

「でもねえ、平さん。ご老中をはじめ、錚々《そうそう》たる御大名がご覧になるというじゃないか。能狂言ならともかく、歌舞伎の三番叟じゃ、ちょっと気が引けるよ」

「なにを言われる」

いきなり厳しく言い放ったのは、燃え尽きたもぐさを竹鋏で器用に陶器の壺に収めていた薬師《くすし》の太田宗庵であった。

普段は気難しい男で、あまり口を利いたこともなく、黙々と脈をとり、灸をすえていた宗庵だけに、突然野太い声でずけりと言ってのけたので、一同目を丸くして振りかえった。

「歌舞伎は江戸の華。当節、大御所には舞台から声をかけてくる御大名も多いそうじゃないか。それに、三番叟は幾百年も続くという由緒正しい舞いだ。もっと胸を張っていい」

「そうさ、宗庵先生のおっしゃるとおりだ。市川團十郎を売りこむいい機会だよ」

伝七翁もしきりに頷いた。

「そうかね。なんだか自信が湧いてきたよ。ならば、廓《くるわ》三番叟、舌出し三番叟、二人三番叟と、趣向を凝らした三番叟を全部お見せするか」

大御所も、しだいに話に乗ってきた。

「ところでな、その花見の宴、わしも招かれておるのだ」

太田宗庵が、一同を見まわしてにたりと笑った。

「ああ」

平八郎は、事情を玄哲から聞いていただけにすぐに納得した。

宗庵の娘右近《うこん》の方は、月光院《げっこういん》と同じく六代将軍徳川家宣の子を生んでいる。

玄哲の娘月光院と宗庵の娘法心院《ほうしんいん》（右近の方）は、将軍家宣を巡って妾どうし激しく火花を散らしていたのだが、それも昔の話、今は両人とも娘で出世した世に言う蛍坊主、蛍医者に納まっている。

「わしの娘は、柳沢様のご側室町子《まちこ》さまに可愛がられ、政略的に家宣様にあてがわれた。ご継嗣の吉里様にも、たびたびお言葉をいただいておったのじゃよ」

それで宗庵が招かれたのであれば、無理もない。そうであれば、玄哲の娘の月光院（お喜与《きよ》）も、また宴に招かれているはず、と平八郎は思った。

平八郎は、半年ほど前、姉絵島の消息を訊きたいと熱心に請われ、江戸城内吹上《ふきあげ》御所に月光院を訪ねた。

父勝田玄哲とともに、月光院は将軍吉宗ら紀州派とそれに一味する天英院に対抗して、尾張藩や反吉宗派の諸藩とともに戦さに及ばんと闘志を燃え立たせていた頃であった。

乱を避けるため、忍びがたきを忍ぶよう諭すと、月光院は得心してその誓いの証《あかし》に懐刀を平八郎に下げ渡した。その日のことを、平八郎は今でもはっきりとおぼえている。

平八郎は、久々に胸に熱いものが込みあげてくるのをおぼえた。

六

六義園は元禄《げんろく》八年（一六九五）、五代将軍徳川綱吉お気に入りの側用人柳沢吉保に下屋敷として与えられた。

それを趣味人の柳沢吉保が自ら整地し、回遊式の庭園として完成させた。もともとが平地であった武蔵野の台地に、池を掘り、山を築き、見事な山水風景を築きあげてしまったのであった。

昼からの稽古を休んで、一座の主だった者を引きつれ駒込《こまごめ》まで足をのばした團十郎一行は、藩士の歓迎を受けて吹上御所前でさっそく特設の舞台づくりに精を出した。

それを一刻ほど指示をしていた團十郎は、段取りどおりに準備がすすんだのを見て、満開の枝垂れ桜に惹かれるように庭に繰り出した。

その後を、平八郎、伝七翁、佳代、弥七が従った。

「なんとも見事なものでございますな」

平八郎は、隣でうっとりと庭の造作に見惚れる大御所に声をかけた。

庭園の南藤代 峠《ふじしろとうげ》のあたりから見下ろす庭園の造作は、折からの満開の枝垂れ桜に彩られ絵のように美しい。

「いやァ、見事だ」

大御所は立ち止まるばかりで、いっこうに動こうとしない。一緒にまわる伝七翁も、弥七夫婦も、そろそろ痺れを切らしはじめた。

「ごらんよ。紀州和歌浦《わかのうら》や、和歌にも詠まれた八十八滝などを、ここに映し出しているそうだよ。なんとも美しいね」

大御所がうっとりと声をあげると、

「なるほど、天下の名勝がそっくりここに移ってきたようです」

平八郎も、見事な築山《つきやま》や泉水にしばし我を忘れた。

「まったく、いつまで眺めていても、まるで飽きることがないよ」

大御所は、また立ち止まって動こうとしない。伝七翁は、苦笑いしながら先に歩きだした。

平八郎は、大御所に寄り添っている。

「紀州の国とは、かように美しいところでございましょうか。されば、欲深な吉宗公は、この名園もきっと欲しくなられましょうな」

「危ない、危ない」

大御所は軽口を叩くと、平八郎と顔を見合わせて笑った。

「それにしても、甲府藩は大勝負に出たようだね」

大御所は、弥七の話から反吉宗派の動きをだいぶ承知している。

平八郎も、思いは大御所と同じである。

徳川一門の尾張、越前、越後高田、讃岐《さぬき》、松江といった錚々たる藩主が列席するという。聞けば、賓客はあらかた、反吉宗派の親藩御一門の諸大名であった。その老中二名の名もある。

甲府藩としては、ここで老中会議の面々を一気に味方につけ、百万石のお墨付きを認めさせる魂胆《こんたん》であろう。

これだけのお歴々を集めるのは、若い柳沢吉里一人ではとても無理であったことだろう。背後で、間違いなく尾張公が動いていたはずである。

「半刻ほどすれば、三番叟が始まる刻限でございますよ」

先に行く弥七が、またこちらに振りかえって声をかけた。

大御所には賓客に挨拶をすることと、最後の舞舞台が用意されているが、あらかた座員にまかせてある。支度を急ぐことはないのだが、庭園に散っていた来賓も三々五々吹上茶屋に向かっていけば、さすがに気持ちも慌ただしくなってきたようであった。

「ぼちぼち急ごうか」

大御所も、歩度を速めはじめた。

人々が去った後の庭園をふと振りかえって眺めれば、警備の厳重さをあらためてうかがい知れた。庭園内には、此処かしこに屈強な藩士が潜み、さらに立ち働く女たちの中にも、腕におぼえのある者が多数まぎれこんでいそうである。

「おお」

目を凝らせば、池の端の見事な枝垂れ桜の下に立つ女は、望月夏であった。

夏は、唇に笑みを含んで、平八郎に一礼した。

「知り合いかい、平さん」

「知りませぬな。それがしには、大御所のようには女人の知りあいはございませぬゆえ」

平八郎は、軽口をたたいてまた庭園一面の枝垂れ桜を見わたした。

すると、平八郎の目に太田宗庵に連れられた尼僧の姿が映った。その尼僧こそ、柳沢吉保の企てで御中臈《ちゅうろう》に昇り、将軍家宣の側室となって、早世した家千代《いえちよ》君を生んだ右近の方に相違なかった。

その手をとって先導しているのは、父の太田宗庵である。

「おお、宗庵も来ておるな」

「されば、月光院もまいられておるはず」

平八郎は、ふたたびぐるりと庭園を見まわした。

「ここだ、平八郎――!」

彼方で平八郎の名を呼ぶ声がある。

勝田玄哲であった。傍らの女人はやはり娘の月光院である。月光院は平八郎に向かって、丁寧に一礼した。

「大御所、あれに」

平八郎は、團十郎の袖を引き、二人に向かって歩いていった。

月光院は、俯きながらちらちらと大御所をうかがっている。その素振りが、娘のようにうきうきとしているので、

(贔屓の市川團十郎に初めて会えて、さぞや胸をときめかせておられるのであろう……)

平八郎は、微笑ましい気分になった。

「團十郎どのをお連れいたしましたぞ、月光院さま」

平八郎が一礼して声をかけると、

「これは……」

月光院は赤面して顔を伏せ、

「お初にお目にかかります」

いかにも武家風の丁寧な挨拶をした。

團十郎もさすがに身を固くし、

「いつぞやは、大切なお品をお贈りいただき、身にあまる光栄にござります」

むろん大切な品とは、平八郎が甲斐で死闘を演じる原因となった月光院が團十郎に贈った黒羽二重である。

見得でも切るように大きな声で言って、頭を下げた。

「團十郎、そう固うなることはないぞ」

玄哲が、気を使って大御所の肩を叩いた。

月光院はやわらかく含み笑って、

「平八郎どの。お達者でなによりです」

月光院は、なつかしそうに平八郎に向き直った。

「あの折のお言葉を胸に刻み、日々耐えております。父には、くれぐれも血気に逸ることのないようにと申しております」

今にも平八郎の手をとらんばかりに身を寄せて、月光院が言った。

玄哲は苦い顔をして、平八郎を見かえした。

「さ、諸侯も茶屋に向かっておられる。我らもまいろう」

玄哲が月光院の肩に手を掛けると、

「父上、三番叟は初めてでございます」

月光院がまた胸躍らせてそう言うと、先をゆく伝七翁らが振りかえって微笑んだ。

「まるで娘のようじゃよ」

玄哲の声も、すこぶる明るい。

七

吹上茶屋にはすでに緋毛氈《ひもうせん》が敷かれ、錚々たるお歴々が着座し、盃を手に談笑していた。

主賓はやはり、尾張藩主徳川継友公である。

さらにその隣には、戸田忠真《とだただざね》、安藤信友《あんどうのぶとも》の二人の老中が着座している。背後に控えるのは、数名の江戸在府の親藩、御一門、さらにその背後には諸大名の正室、側室、それにまじって月光院と法心院（右近の方）の姿もある。

大御所の舞台挨拶の後、いよいよ三番叟の演舞となって、華やかな野外舞台が諸侯の耳目《じもく》を釘づけにした後、賑やかな酒宴が繰り広げられた。

その後は、篝火の下の夜桜見物の回遊となる。

一刻の後、宴もようやく幕を閉じると、平八郎は一座の者と帰り支度を始めた。

すると、

「豊島殿――」

月明かりの下に平八郎の名を呼ぶ声がある。甲府藩重臣白井清兵衛であった。

「我が殿が、ぜひお目にかかりたいと申されておりまする」

「それがしにでござるか」

「さよう。こちらに」

平八郎は、弥七に事情を話し、皆に先に帰ってもらうよう伝えると、白井清兵衛の後に従った。

清兵衛は甲府藩の定紋の入った提灯で平八郎の足元を照らし、池のほとりを回遊して、小高い丘を登ると、侘《わ》びた風情の山門があった。

〈心泉亭《しんせんてい》〉とある。

清兵衛は石畳を踏みしめて瀟洒《しょうしゃ》な建物に入っていった。

警護の侍が数人、玄関に佇んでいたが、他に人の気配は少ない。

手燭を掲げた侍女が、平八郎と清兵衛を案内し、奥の一室に通した。

「ようまいられたな」

そう言って立ち上がり、笑顔で迎えたのは、まだういういしさの残る面立ちの若い藩主柳沢吉里であった。儒学を重んじ、和歌、古典に親しんだ五代将軍綱吉の血をひいてか、面長の聡明そうな双眸が清々《すがすが》しい。

幕府中枢にあって多忙であった父吉保とちがって、その子吉里は府中城にあって領内の検地を行い、用水を整備するなど、領民にはすこぶる評判がよいという。

「こたびは、そなたにはひとかたならぬ世話になった。篤く礼を申すぞ」

吉里は、旧知の友のように親しげに平八郎に語りかけた。

背後に、白井清兵衛がただ一人ひっそりと控えている。

「もったいないお言葉。あの折は、甲斐望月一党の助勢がなくば危ういところでございました」

「謙遜をいたすな。望月夏から話は聞いておる。さしもの黒鍬者も、そなたの剣には手も足も出なかったという。今やそなたは我が藩にとって毘沙門天《びしゃもんてん》にも比すべき頼もしい存在となった」

「お買いかぶりかと存じまする」

左手の襖が開いて、侍女が数名、酒膳を運んできた。

「なにも用意できぬが、寛《くつろ》いでほしい」

吉里は自ら酒器をとって、平八郎に酒をすすめた。

平八郎が大きな朱塗りの盃をとり、それをうやうやしく受けると、

「今宵は、近づきのしるしじゃ。おおいに呑みたい」

平八郎が盃に口をつけるや、注がれた酒を一気に呑み干した。吉里も侍女に酒を催促し、

「まだまだ若輩者での。なにかと失敗も多い。お恥ずかしいが、綱吉公の子であるという誇りだけを頼りに、気負っておるのだ……」

吉里はよほど平八郎に心を許しているのか、飾るようすもなく思いを披瀝した。

「ご謙遜にござりましょう」

平八郎は二献めを注ぐ吉里に、さらに打ちとけるものをおぼえた。

「相手は将軍家、しかも知恵に長《た》けた者が揃うております。いましばし、気を緩める

ことはできませぬ」

「そこで、そなたにぜひとも頼みがあるのだが」

吉里は、酒器を置き、縋《すが》るような眼差しで平八郎を見た。

「黒鍬者が、我が領内で我がもの顔に跋扈《ばっこ》しておる。城中にまで間者が潜入し、こちらの一挙手一投足を監視しておるようじゃ」

吉里は憤然たる口調で言った。

「お腹立ち、それがしにもようわかりまする」

「そなたも、知ってのとおり、我が藩は御三家とは比べるもない小藩、将軍家に気を遣わねばやっていけぬ。それゆえ、わかっていても、なかなか手出しができぬ」

「承知しております」

「そこでじゃ」

吉里は膝を乗り出し、

「いずれの藩ともかかわりのないそなたに、なにかと力を貸してほしい」

幕府を気遣う吉里の立場を思えば、身軽な平八郎に手荒い仕事を依頼してくる気持ちがわからぬではない。

「お役に立ちとうございまする」

平八郎は静かに頷いた。

「そうか」

吉里は嬉しそうに相好《そうごう》をくずした。

「されど、それがし、身すぎ世すぎの仕事をもっております。いましばらくは江戸を離れられぬかと存じます」

平八郎は率直にそう言って吉里に詫びた。

「事情は承知しておる。そなたの中村座での仕事は、大切なもの。大江戸の町民は芝居をなによりの愉しみにしておる。暇な折でよいのだ」

「ご配慮ありがたく存じまする。してご領内での黒鍬者の動き、お墨付きが無事江戸に届けられた今も止みませぬか」

「そのこと、将軍家は我が領内にあるものを欲しがっておるようじゃ」

「その話、風の便りに聞いておりまする。金でございまするか」

平八郎は、真っ直ぐ吉里を見すえた。

「うむ。領内に、いまだ未開の金鉱が残っていると思うておるようじゃ」

「やはりございませぬか」

「じつは、わからぬのだ」

「幕府が目の色を変えているところをみると、かの伝説の金山奉行大久保長安の見つけたという未開の鉱脈があるのやも知れぬ。だがな、豊島どの。神君家康公も一目置いた巨魁大久保長安が、手つかずの鉱脈をそのまま放置していたとも思われぬのだ」

「そのご領内の金につきまして、風変わりなものが手に入りましてございます」

「はて、なんであろう」

平八郎は懐中を探り、袱紗に包んだ品を吉里の膝元にすすめた。

「これは、それがしの遠縁にあたる会津藩士白井五郎太夫が所持するものにて、かつて保科正之公からお下げ渡しいただいたものだそうにござります」

平八郎は、懐中から袱紗に包んだ一枚の古紙を吉里の膝先にすすめた。

「ご覧くださりませ。金の鉱脈を記した絵地図だそうにございます」

「保科正之公の絵地図じゃと」

「世を惑わす山師どもが跋扈《ばっこ》しておりますゆえ、俄かに信ずるわけにもいきませぬが、念のため」

「ふむ。たれか、手燭はないか――」

吉里は侍女に急ぎ灯りを持参させると、慌ただしく袱紗を広げ、色褪せた絵地図を露《あらわ》にした。

「これは驚いた。清兵衛もまいれ」

吉里の背後から白井清兵衛がすすみ出て、主の脇に座し、身を乗り出した。

「白井五郎太夫の申しまするには、この絵図面は江戸城紅葉山文庫に眠っていたもの。言い伝えによれば、これは大久保長安が秘かに残した未開の金山の在り処を記したものだそうにございます。真偽のほどもわからず、ただ判断不可能な文字の羅列ばかりにて、手に入れられた保科正之公もついには匙を投げられたとか」

身を屈めてしばし読み耽っていた吉里であったが、

「黒川千軒とある……」

絵地図の数点を指で示すなり、低く唸った。

「そのような場所が、甲府藩領にはござりまするか」

「たしかにある」

吉里は、絵地図から面《おもて》をあげ、じっと平八郎を見つめた。

「豊島どの、これをお借りしてよいか……」

「むろんでござります。甲府藩の黄金はご当家のもの。けっして幕府にはお渡しなされませぬように」

「うむ。尾張継友公のお話では、替え地は内々に大和郡山と決したという。いまいましいがそれが覆《くつがえ》せぬならば移封《いほう》の前に、ぜひとも発掘しておきたい」

「さよう。公方《くぼう》様の横暴、許してはなりませぬ」

「うむ。そなただけが頼りだ。これからも力となってほしい」

吉里は盃を置くと、酒膳を撥ねのけて、平八郎の手をとった。

「わが誉れにございます」

平八郎も上気して吉里の手を握りかえした。白井清兵衛も、拝むような眼差しで平八郎を見つめている。

第四章　武田碁石金

一

将軍吉宗は、御側御用の取次役を三名任命している。いずれも紀州藩主当時からの腹心である有馬氏倫、加納久通《かのうひさみち》、小笠原胤次《おがさわらたねつぐ》であった。

その職務は、将軍の居所である中奥の総裁、将軍と老中以下諸役人との取次、将軍の政策・人事両面の相談役、将軍の情報源である目安箱《めやすばこ》の取り扱いや、御庭番の管理である。

老中をしのぐ権勢を揮うこれら御側御用取次役の役宅ともなれば、訪れる者は諸藩の江戸詰め家老か留守居役、江戸きっての大商人ときまったものだが、その夜外神田の有馬氏倫宅を訪れた者は、宗十郎頭巾《そうじゅうろうずきん》で面《おもて》を隠した暗い面体《めんてい》の男二人であった。

いずれも埃をおびた高襠《たかまちばかま》袴に打裂《ぶっさき》羽織で、その表情には長旅の疲れが色濃い。もう一人は六尺近い大男で、頭巾に覆われた顔からも、火傷の跡がうかがえる。もう一人は小作りの顔で、額が狭く目鼻だちが中央に寄っていることが、頭巾の上からも認められた。

大柄な男は、今や二百を越える大所帯となった黒鍬者頭領平松兵左衛門《ひらまつへいざえもん》、もう一人は氏倫が兵左衛門に鉱山発掘の道案内につけた金山師稲垣道満《いながきどうまん》であった。

工兵から密偵に姿を変えてきた黒鍬者だけに、山師たちとはもとよりかかわりが深い。

仲間割れでもしたのだろうか、道満はふてくされたように兵左衛門から顔を背け、月光に浮かぶ内庭をうかがっている。

いずれも、氏倫に命ぜられていた金鉱探索の結果報告に、甲斐からたった今舞い戻ったところであった。

広大な邸内は夜更けて深い闇に包まれ、乾いた夜風が黒松の枝をザワザワと鳴らしている。

二人は月明かりの下、自身の長い影を踏み内庭にまわると、大柄の兵左衛門が屋敷に歩み寄り、拳を固めて雨戸を二度叩いた。

「この夜更けに、何用か」

「平松兵左衛門にございます」

屋敷の内から声があり、ややあって雨戸が軋んだ音を立てて開いた。

問いかけた用人の向こうに、遠く有馬氏倫の姿があった。

重い体を揺らして縁のふちに歩み寄った氏倫は、渋面《じゆうめん》をつくって二人を見おろした。

「たった今、甲斐より戻りましてございまする。ご報告したき儀が」

兵左衛門が重々しく一礼すると、

「甲州金《きん》の件だな。待ちわびておったぞ、上がれ」

氏倫が下唇を突き出し、無表情に男たちを屋敷内に招き入れた。

部屋の中は、氏倫が主吉宗を促し再開させた南蛮交易によって集められたもので埋めつくされていた。

中央には波斯国《ペルシャ》の絨毯《じゆうたん》が敷きつめられ、その上に唐渡りの黒檀《こくたん》の大卓が置かれている。部屋の片隅の違い棚には、金飾りのついた南蛮渡りの時計や、陶器の壺など、珍品がずらりと並んでいた。

つい先刻まで、十六、七の娘が数人、眉をつくり、紅色の小袖を着こんで伽《とぎ》をしていたが、氏倫は夜更けの来客のために急ぎ下がらせている。だが女たちの香《こう》の残り香《が》までは隠せなかった。

氏倫は、鼻を蠢《うごめ》かせる二人を大きな卓に座らせると、奇妙な格好で卓の上に手をついて平伏する二人の伸びた月代《さかやき》をうかがい見た。

「長旅であったの」

氏倫は手ずから卓の上のギヤマンの瓶をとり、二人に葡萄《ぶどう》の酒をふるまった。

それにしても、頭巾を取った平松兵左衛門の面体は不気味であった。

火薬を扱う者特有の煙硝《えんしょう》で焼かれた左眉、薄く笑うように見える相貌の奥にある鋭い眼光は、長い密偵暮らしの内に身につけた暗い陰りが宿っている。唇は、幾多の辛酸を嘗めてきたせいか、ひどく薄かった。

「甲斐では、まこと難渋いたしました」

兵左衛門は、重い口ぶりで愚痴《ぐち》を漏らした。

「ふむ」

氏倫は、白々《しらじら》と兵左衛門を見つめた。

「まずは、土産《みやげ》にめずらしいものをお持ちいたしました」

兵左衛門が振りかえり道満に指示をすると、小柄な鉱山師は憮然とした顔で懐中から薄汚れた布袋を取り出し、卓の上に乗せた。

道満の取り出したものは、小指の先ほどの金鉱石と、巨大なゆりかす、つまり金の搾り滓《かす》であった。氏倫は差し出された崩れそうな岩塊を手に取り、ひととおり灯火の下で品さだめすると、無言で袋の上に置いた。

「ゆりかすであろう」

鉱石から、金のみを採り出す方法は氏倫も承知している。

いちど焼いて脆《もろ》くなった金鉱石を叩いたり、石臼で挽いたりして粉にし、その後急な流れで〈砂流し〉を行い、金を含んだ重い石のみを残す。さらに、それを鍋に入れて溶かし、金だけ摂り出していく。

これが、金抽出の工程である。

ゆりかすは、その抽出工程を経た後のただの搾り滓であった。

「土産とはこれか」

このようなものを土産にするのであるから、両名の甲斐での成果が期待外れであることは火を見るよりも明らかであった。

「甲府の南、湯の奥金山で採れたものにござります。このゆりかす一つから、およそこれだけの金が採れましてございます」

道満は、小指の先ほどの金を取りあげ、氏倫の膝元にすすめた。

氏倫は指の先でそれを無造作に転がし、兵左衛門を見かえした。

「これが精一杯にござりました」

「つまり、甲斐にはもはや金はないと申すのだな」

氏倫は、唇を突き出し、こんどは金山師稲垣道満に目を移した。

「お預かりした絵地図に記された箇所はあらかた調べましたが、へい、残念ながら何処も掘り尽くした跡でございました」

道満は、卑屈に顔をゆがめ鬢《びん》を掻いた。

「その地図を、いま一度見せよ」

「こちらにございます」

道満は首をすくめ、懐中から大判の地図を取り出し、食台の上に広げると、

「その湯の奥金山とは、そも何処《いずこ》だ」

「およそ、このあたりに存じまする」

地図の上を指の背でトンと叩いた。

「この地図は、紅葉山文庫に残る大地図を写したものという。それには、大久保長安の秘蔵した金鉱が何処かに残っておると記されておったが……」

氏倫は、苛立たしげにゆりかすの塊を握りつぶした。

「我ら黒鍬者、これなる稲垣殿の指示に従い、新たな鉱脈がひとつでもないものか、懸命に探索いたしましたが……」

道満は、ちらりと氏倫を見かえし、首をすくめた。

「ただ、こたびは妙なことに気づきました。鉱山跡に転がっていた土器の中に、金の粒にまじって鉛が出てまいりました」

氏倫の不機嫌を鎮めようと、兵左衛門が媚《こび》を含んで語りかけた。

「だが、灰吹き法とて鉛は使うのではないのか」

灰吹き法は、金を含む鉛鉱を通気しながら熱し、鉛を酸化鉄にして骨灰などに吸収させ、後に金鉱の粒を残す精錬法である。石見《いわみ》銀山以来、主要な精錬法となっていることは氏倫も承知していた。

「たしかに灰吹き法は鉛を用いまするが、土器の中は鉛のみにて、灰吹き法の名にもある灰が見あたりませぬ」

「その鉱山跡は、旧い武田のものか。それとも幕府の天領となって後に掘られたものか」

「そのことでございます。付近から出土する道具類は、明らかに後に大久保長安が用いたものではございませなんだ」

稲垣道満が前かがみになって氏倫に顔を近づけた。

「ほう。とすれば、武田家は別の精錬法を用いていたということになるぞ」

氏倫はそう言うと、しばらく宙空を見すえていたが、

「武田の採掘法は、まこと謎に満ちておりまする」

兵左衛門が、氏倫の歓心を買うようにふたたび言葉を添えた。

「そのような方法を採用すれば、まだまだ金が採れるものやもしれませぬ」

道満も追従《ついしょう》を言った。

「だが、武田家は百年以上も前に滅びた。それをどうやって知る」

「へい、それは……」

道満は後ろ首を撫でた。

氏倫は、小粒の金塊を掌に乗せ、

「生ぬるいことばかり申す。頼りにならぬ奴らじゃ。兵左衛門、道満、おぬしらに、珍しい物を見せよう」

兵左衛門と道満は苦々しげに互いに顔を見合わせた。

やおら立ちあがると、違い棚の螺鈿《らでん》細工の文箱を取ってきて、その蓋を開けた。中

から現れたのは、碁石ほどの金である。

「これは城内紅葉山文庫の手文庫の山に埋もれていたものだ。武田家の碁石金という」

「碁石金……」

「絵地図とともに残っていたという。この武田領内はこのようなものが流通していたのだ」

兵左衛門と道満はたがいに顔を見合わせ、低く唸った。

「兵左、心得よ。黒鍬者はもはや橋を架ける工兵でもなければ、石垣を積み上げる石工でもないのだ。伊賀同心も組み入れて、今や押しも押されぬ密偵集団とあい成っておる。鉱脈が枯れたと申すなら、別の方法で金の行方を探るのじゃ」

「と申されますと、武田の採掘法を調べよと申されまするか」

兵左衛門が、唇を歪め、探るように氏倫をうかがった。

「そうじゃ。方法はいくらでもあろう。甲府藩はなにかを摑んでおるにちがいない。密偵を増やし、甲府藩内を調べ尽くすのじゃ」

「畏《かしこ》まってございまする」

立ちあがり、部屋を辞する二人を、氏倫はふたたび呼びとめて、

「待て、兵左。例のお墨付き、奪い取ることができなかったと聞いておる」

「いかにも」

兵左衛門は顔を伏せたままかしこまった。

「奴ら、いずれ老中どもの元に駈けこむのであろう。その前に奪うのじゃ。二度としくじるな。黒鍬者は役立たずと上様もお怒りである。いまいちど失敗すれば放逐《ほうちく》じゃ」

兵左衛門が頬をひきつらせて顔をあげ、また一礼すると、稲垣道満はそれをちらりと見て薄笑いした。

二

浅草寺《せんそうじ》門前の料亭〈瓢簞亭《ひょうたん》〉に来ておる。出てまいらぬか、と食い道楽の勝田玄哲が平八郎を誘ってきたのは、六義園での花の宴があって三日ほど後のことであった。

殺陣の稽古を午後のあいだじゅう続けていたため、芝居小屋から帰って畳の上で大の字になって骨休めしていたところへ、

――内々のお話もござりますゆえ、ぜひともお越しくださいませ。

寺男の孫兵衛が、例によって遠慮がちに腰高障子を細く開け、告げて帰っていったのである。

(また玄哲殿の無理難題か……)

むっくりと起きあがり、ぶらり玄哲の待つ〈瓢箪亭〉に足を運んでみると、替えたばかりの畳の匂いのする六畳間に、他に二人の客があった。

医師太田宗庵と市子《いちこ》装束の夏の姿である。市子とは、降霊術の占い師であるが、もともとが歩き巫女だけに、夏にはよく似合っている。

玄哲は、手際よく小女に追加の膳と酒を命じると、

「まあ飲め」

と、厚焼きの大徳利の酒を、グイと平八郎の前に突き出した。

平八郎は、しかたなく玄哲の吸い物碗で受けた。それを、夏は目を細め微笑みながら見ている。

「それにしても夏どの、なぜそなたがここに」

「豊島さまのお側には、いつも控えていとうございます」

夏は、しなをつくって頭を傾げ、艶めいた流し目ではぐらかした。それを、玄哲がにやにや眺めている。

「夏どのの正体は、美形の女狐と評判でござる。化かされぬように、気をつけねば」

平八郎が大袈裟にぶるんと体を震わせると、

「あんなことを」

夏は、口を尖らせふてくされてみせた。

「なに。平八郎。そう不思議がることではないのだ。夏には、尾張藩と甲府藩の繋《つな》ぎ役として動いてもらっておる。甲府藩も尾張藩も、幕府の手前、目立って動くことができぬ。夏とこのわしを介せば、両藩とも頻繁に連絡がとれよう」

甲府藩と尾張藩の結びつきは、どうやら平八郎も知らぬ間によほど緊密になったらしい。

「平八郎さま、今後ともいく久しうお引き立て願い申しまする」

夏はあらたまり、白い襟首を見せて平八郎に一礼した。

「されば、宗庵殿は――」

平八郎は、次に太田宗庵に目を向けた。

「こ奴は、長い酒の友だ。今宵も一献《いっこん》どうだ、と誘ったまでのこと」

うまそうに田楽をつまむ宗庵は、すでにだいぶ酒もまわっているらしく、頬が火照《ほて》っている。

だがやはり、平八郎は宗庵がこうした密談の場所に姿を見せたことが意外であった。反吉宗連合の密会ともいうべき六義園の宴に呼ばれたところから見て、宗庵が反吉宗派であることまでは理解できるが、娘の法心院（右近の方）は将軍継嗣である家千代君を生んでおり、幕府の手厚い保護を受けてきている。

「だがの。考えてもみよ、幕府の庇護を受けておるのはこのわしとて同じだ」

玄哲は、平八郎の疑念に先まわりするようにいった。

「わしとこの宗庵とは、よく似た境遇なのだ。月光院も法心院も家宣公の側室として、世継ぎを生んでいる。それに、宗庵の娘御も大奥で天英院にひどくいたぶられた。将軍位を継承するはずのこ奴の孫の死にも、じつは不審なところがあったのだ」

「まことでござるか」

平八郎は、驚いて宗庵を見かえした。

「幼くして、俄かに身罷《みまか》った。おそらく毒を盛られたものに相違ない」

玄哲は眉をひそめてそう言い、夏をちらりと見て、

「内密にの」

低声《こごえ》で言った。

夏が真顔になってうなずいた。

「天英院と公方ら紀州一派は、まこと憎き孫の仇よ」

細く尖った顎から山羊《やぎ》のように伸びた白髭を撫でながら、宗庵は語気を荒らげた。

「そういうわけで、この宗庵は我らの同志なのだ。おぬしも、そのつもりでよしなに頼むぞ」

「されば、こちらこそよろしくお願い申しあげる」

平八郎は、宗庵を見かえし一礼した。

追加の酒膳が運ばれてきた。

皿の上は、柚子、山椒、よもぎ、木の芽と、平八郎の好物の田楽が並んでいる。平八郎は、盃を置いてまず木の芽田楽の串をとった。

「さっそくだが、平八郎。よい知らせが届いておる。先日、花見の宴に列席した三人の老中が、ようやく重い腰をあげ、お墨付きに目を通してもよいと申しておるそうだ」

「まことでござるか」

平八郎は、驚いて夏を見かえした。

「千両箱が三つ必要となりましたが、どうやら役に立ったようでございます」

「世の中、神も仏もない。金で動いておるわ」

　玄哲が苦笑いして、盃を仰いだ。

「しかしながら、油断はできぬぞ。あの老いぼれども、まだあれこれ難癖《なんくせ》をつけておるという。ことに水野忠之《みずのただゆき》めは、花押《かおう》がちとちがうと、細かいところまで指摘しておるそうな。それにの、たとえ老中会議がお墨付きを認めたとしても、御用取次役の有馬氏倫、将軍吉宗と、前途に関門が幾重にも控えておる。悲願成就までは遠い」

「しかしながら、よいとっかかりができたことは確かだ」

　気分屋の玄哲とはちがって、太田宗庵は現実家らしく手堅い口ぶりである。

「それより絵地図の話、聞いたぞ平八郎。尾張藩に残る大久保長安の調書、会津藩に眠っていた長安の絵地図等、面白い話が次から次へと湧いてくるわ」

「白井清兵衛殿のお話では、殿もこれは役に立ちそうと、大喜びだそうにございます。平八郎さまには、篤く御礼申し上げるようにと」

「身に余る御言葉」

「ふむ。その大久保長安だが――」

　玄哲はそこまで言って、俄かに声をひそめた。

「じつは、いまひとつ別の話があるのだ」

　玄哲は盃を置き、一同をぐるりと見まわしてから、昨夜尾張藩の密偵で時折黒羽二重の無事を確認しに来る御土居下衆頭目南雲源三郎《なぐもげんざぶろう》から聞いたばかりの話を披露した。

これが、なんとも奇妙な話である。

「尾張藩の隣藩の桑名《くわな》藩に妙な話が伝わっておる。ま、正確に申さば、先年領地替えになったによって、越後《えちご》久松《ひさまつ》松平家の話と言うべきか。なんでも、大久保長安から預かっていたという絵地図が残っているというのだ」

「それは、まことでございまするか」

夏も、目の色が変わっている。

だが、次から次に降って湧いたような長安縁《ゆかり》の絵地図の話に、平八郎も夏も、首を傾げざるをえない。

「留守居役の水野弥次太夫殿が、酒の席で同役の留守居役から聞いたという話ゆえ、これは真偽のほどがさだかではないが……」

玄哲はそう前置きして、

「平八郎、おぬし服部半蔵《はっとりはんぞう》という伊賀者の名は聞いておろう」

「むろんのこと。初代服部半蔵正成《まさなり》は、明智光秀《あけちみつひで》が主織田信長《おだのぶなが》を本能寺《ほんのうじ》で討った後、危機に瀕した神君家康公を無事伊賀を越え浜松城まで送り届けた功により、幕臣に取り立てられた者でございましたな。二ノ丸下の半蔵門にその名を留めておりまする」

「そのとおりだ。だが、二代目の半蔵正就《まさなり》はできそこないでの。幕府召し抱えの伊賀者の統率にしくじり、追放処分となった」

「その話も、うろ覚えながら承知しております」

平八郎の記憶する事件のあらましは、こんな具合であった。

服部正就は父の死によって、服部家の家督ならびに半蔵の名と伊賀同心およそ二百名の管理を引き継いだ。

とはいえ、正就が引き継いだものは指揮権のみで、家臣にしたわけではない。

そのため、臣下のように遇する正就に反発する伊賀同心が、慶長《けいちょう》十年（一六〇五）、四谷《よつや》の長善寺《ちょうぜんじ》に籠もって正就の解任を求めた。

正就はこれを逆恨みし、首謀者十名に死罪を求め、さらに逃亡した一人を斬り捨てたため、幕府の怒りを買って、正就は役を解かれ放逐された。これが事件のあらましである。

「うむ。その正就には、じつは正重《まさしげ》という弟がおっての。これも世渡り下手で、家康公を怒らせ放逐処分となった。だが幸い、こちらは岳父であった大久保長安に拾われておる。佐渡では金山奉行の長安の下、与力としてはたらいていたが、長安が例の醜《しゅう》聞《ぶん》事件によって失脚すると、正重もふたたび放逐され、越後諸藩を転々とした後に、妻の実家である久松《ひさまつ》家に拾われたという」

「世渡り下手の家は、代々続くものでござるな」

平八郎は苦笑いしてそう言い、ふと吉十郎の行く末に一抹の不安を抱いた。他人事《ひとごと》ではない。

「されど、服部一族はやはり幸運であったようだ。その後、半蔵正重の末裔は久松松平家の家老にまで出世しておる。また、二代目服部正就の子も久松家に集まって、今や大服部に小服部と、久松松平家は服部だらけという」

「ひとの宿命《さだめ》とは、わからぬものでございますな」

平八郎がふと感慨に耽ると、

「どうぞ」

夏が、うかがうように平八郎を見つめて、空の盃に酒を注いだ。

すすめ上手の夏の酌で、つい過ごしそうである。

「だが久松松平家は、三年前に藩主が藩政にしくじり、幕府の不興を買って越後に飛ばされた。それゆえ、尾張藩とのかかわりは途絶えてしもうたという。いま尾張藩は、八方手を尽くして越後高田藩と接触をはかっておるらしいが、なかなかうまくいかぬようだ」

「いえ、勝田様。どこで話を聞きつけたか、幕府が越後高田藩に接触を始めておるそうにございます」

夏は、別の筋から仕入れたらしい情報を皆に披露した。

「さればその絵図面、いまだに幕府の手には渡っておらぬわけですな」

平八郎が、夏をうかがった。

「はい」

「それが面白いものでの。越後高田藩の当主松平定輝《さだてる》殿はなかなか骨のある人物での。領地替えの幕府の処分に腹を立て、知らぬ、存ぜぬ、と問い合わせをつっぱねておるという」

「それは……」

平八郎は、また盃をとった。なかなか頼もしいが、なんとも雲を摑むような話であることは否めない。

三

その翌日、平八郎が楽屋の大階段を昇っていくと、荒々しい男たちの歓声に混じって、若い女の声が聞こえてくる。

(芝居小屋に、女人が出入りするはずもないが……)

訝しげに首を捻り、ぐるりと三階の大広間を見わたして、平八郎の疑念はすぐに氷解した。美和が、大部屋の役者たちと大立ち回りを演じているのである。

といっても、むろん斬り合いをしているわけではなく、美和が座員に立ち回りの稽古をつけているのであった。

「これは、平八郎さま」

美和が顔を紅らめ、バツが悪そうに平八郎に一礼した。

「すみません、平さん。あっしらが、こちらに無理にお願いしたんで」

八百蔵が、鬢を掻きながら腰を屈めていくども謝った。

話を聞いてみればこうである。

美和が男装で中村座に平八郎を訪ねてみると、平八郎縁《ゆかり》の人と知って、稽古中の男衆があれこれ話しかけてきたらしい。

「平さんの剣のお師匠さんのところのお嬢さんで、二刀差しだ、さぞやお強いんだろうと」

あれこれ剣談を始めたらしい。

「話だけではなかったようですが……」

平八郎は、皮肉まじりに口を挟んだ。

「いいえ、美和さまは黙って稽古を見ていらしたんですよ。あっしらが、この動きは剣術の道理からみて不自然じゃねえか、なんてあれこれお尋ねすると、ご意見をおっしゃるようになりまして」

初めのうちは、美和も遠慮がちに意見を述べはじめたという。

そのうち、続々と座員が集まってきて、

——さすがにご師範のお娘さまだ。

などと言って拍手喝采するものだから、美和もついつい調子に乗ってしまい、助言に熱が入ったらしい。

しまいには、伝七翁までが、

「こりゃァ、女形に剣を握らせ、剣を揮わせる趣向も悪くないねえ」

などと言いだすものだから、美和もしだいに我を忘れて助言にのめりこんでいったという。

「みんな乗せるのが上手いから、気をつけるほうがいいよ」

そう言って諌めはしたものの、平八郎もあとは苦笑いするよりない。

「それにしても、きちっと剣術をやったお人の姿は、ほんとうにうっとりするよ。役者が簡単に真似のできるもんじゃない」

女形出身の伝七翁には、美和の立ち回りがなんとも美しいらしい。

「平さん、ひとつ頼みがあるんだけどね」

「ほかならぬ伝七翁の頼みです、大方のことはお聞きいたしますが……」

「その、溝口派一刀流の型稽古を、二人でやって見せちゃくれまいかね。それを見るだけでも、若い役者にとっちゃ、いい勉強になると思うんだよ」

伝七翁の言い分はなるほどもっともで、なんとか願いを叶えてあげたいが、いかんせん溝口派一刀流は会津藩のお留め流、門外不出の剣である。

「はて、それればかりは……」

「父には黙っておきます。他流の方にお見せするわけではございませんから……」

美和は、うかがうように平八郎を見た。

わっと拍手喝采が起こる。

「しかたありませぬな」

平八郎が渋々同意すると、

「おい、誰か竹光《たけみつ》を二本持っておいで」

この機を逃すまいと、八百蔵がすかさず若い役者に声をかけた。

「あいや、竹光ではなく木刀を用います」

大きな声で平八郎が、走りはじめた若い衆を呼びとめた。その声には、もうすっかり剣士の気合が籠もりはじめている。


溝口派一刀流は、ほとんど口伝《くでん》によって伝承されるため、今日その全容をうかがい知ることはむずかしい。

激しい上段からの撃ちこみを基本とする流祖の小野派一刀流とはちがい、前に転じて撃つ変化技が主体である。それだけに、演武ではなおのこと、撃ちあう姿に荒々しさはなく、むしろ美しい。

中村座楽屋廊下には、平八郎と美和が流れるような美しい所作で撃ち合う乾いた木刀の響きが小気味よく轟きわたった。

「うむ、見事だ」

座員の背後で、唸るように低く囁く者がある。

平八郎と美和は、演じる木刀をふと休めた。

座員が、いっせいに声のあった方角に目を向けた。大御所團十郎と並んで、着流し姿の侍が立っている。

「あなたは！」

美和が思わず声をあげた。

柳生俊平である。

「平さん、こちらは将軍家剣術指南役柳生様の跡とりで、俊平《としひら》様だ。前からご贔屓にしていただいていてね。お屋敷が隣の葺屋町《ふきやちょう》だもんだから、よく遊びに来られるんだ。近頃は、こうして稽古まで見物に来られるんだよ」

團十郎が、にこにこしながら俊平《としひら》を平八郎と美和に紹介した。

「よろしくお願いいたす。俊平ではなく、俊平《しゅんぺい》と呼んでくだされ。柳生と言っても、私は新陰流の剣とはなんの縁もないただの養子です。桑名藩から、今は越後高田に領地替えになって、ぱっとしない久松松平家に生まれた部屋住《へやずみ》の十一男でしてね。ていよく柳生家に追い払われた者です」

柳生俊平はそう言って、平八郎に頭を下げた。

「とにかく無類の芝居好きでいらしてね。お屋敷も目と鼻の先、これからもちょくちょく見物に来られるだろうから、平さん、まあよろしく頼むよ」

そうは言っても、柳生家を継ぐ者であれば、いずれ将軍家剣術指南役となる人物である。平八郎はまずいことになったと思った。

平八郎の横で、美和も困惑気味である。

「はは、お気になさるな。これで相討ちですぞ。それほどの腕をお持ちの美和どのに、柳生の稽古をたっぷりお見せしてしまったのです」

なるほど、その理屈はとおっている。平八郎も美和も口籠もるよりなかった。

四

「平さんがこのあいだ差し入れてくれた一斗樽に、まだ酒が残っていたね」

大御所はそう言って、若い衆に酒を運ばせると、酒の肴を馴染みの芝居茶屋〈泉屋〉に注文し、三階の稽古場で賑やかな酒盛りが始まった。

美和を歓迎する宴だという。賑やかなことが大好きな大御所にとって、名目はなんでもいいらしい。

俊平は、気さく、というよりむしろ馴れ馴れしいと言っていい男であった。平八郎が中村座の殺陣師をつとめていると聞き、私も仲間に加えてくれまいかとまで團十郎に懇願するのである。

（飄《ひょう》げた男だ……）

平八郎は、苦笑いしながら俊平と酒を汲みかわした。

話せば風のようでとらえどころがなく、それでいて見るところはしっかりと見ているようである。

いや、よほどの人物かもしれぬ、と平八郎は盃を傾けながら思うのであった。

（莫迦《ばか》ではないな……）

酒盛りが一刻（二時間）余りも続いたところで、

「平さん、ちょっと」

弥七が、目くばせして平八郎を呼び寄せた。

「お楽しみ中のところを申し訳ねえんですが、じつは相談に乗ってほしいことがありやして」

めずらしく深刻な表情の弥七のようすからみて、なにやら厄介な問題を抱えていることが察せられた。

「申しわけないが、ちょっと席を外させてもらいますよ」

そう俊平に断って、平八郎は弥七と連れ立って外に出た。

道々話を聞けば、弥七はある男を平八郎に紹介したいらしい。

男は服部久兵衛《きゅうべえ》といい、弥七の遠縁にあたる男で、はるばる越後から出てきたという。

男は、町はずれの居酒屋で待っているとのことであった。

賑やかな芝居小屋前の大通りから、ひっそりした裏通りに抜け、小さな居酒屋の暖簾をくぐると、男は店の奥で壁際の酒樽に腰を下ろし、刀をかかえてちびちびと酒を嘗めているところであった。つまみは煮豆一皿である。

旅で汚れた打裂《ぶっさ》き羽織に、これまた埃だらけの革袴を着けている。

いかにも双眸が暗い。

長旅で顔は陽に焼け、その肌は脂《あぶら》ぎって膠《にかわ》のように厚そうであった。だが、田舎武士らしいおっとりしたところはなく、目つきは鋭く、人相、容貌にどこか卑しさが漂っている。

(忍びとは、このような者か……)

弥七と並んで男の対面に腰を下ろすと、男は剛腹《ごうふく》そうな顔で、

「服部久兵衛と申しまする」

それだけ言うと、ちらちらと平八郎をうかがい、押し黙った。

平八郎には、とりつく島もない。

「それで、それがしへのご用向きとは」

平八郎が率直に語りかけると、久兵衛は口籠もるばかりである。まだ平八郎を品さだめしているようであった。

「その、まあ、ゆっくりとおたげえ話しあったうえで」

弥七が、あいだをとりもつように言って、店の主を呼び、酒と肴を注文した。

「服部殿と遠縁ということは、弥七さん、あんたも服部姓だったのかい」

平八郎は久兵衛の仏頂面をちらりと見て、弥七に言った。

「たしかにそうなんですがね。百年ほど前のひと悶着で、一族がバラバラになってしまいやした。こちとらは江戸に残った服部なんで、服部本家のことはよくわからねえんで」

つまり、弥七はその服部久兵衛とはこれまで会ったこともないらしい。

「その代わりといっちゃなんですが……」

弥七は、古い縁《ふち》の欠けた印籠を平八郎に見せた。重ね矢の紋所である。

「これがあっしのところに伝わる印籠なんですがね。この久兵衛さんも、同じ印籠を持っている。久兵衛さん、見せてさしあげな」

弥七に促され、久兵衛も図柄のわずかにちがう重ね矢の印籠を取り出し、平八郎に見せた。

服部家の内紛とその後の有為転変《ういてんぺん》を、数日前、水野弥次太夫からの話として玄哲から聞いたばかりである。

また、越後高田藩の現藩主が、桑名藩から懲罰的な追放処分を受け移ってきた久松松平家であることも、何日か前、弥次太夫から聞いたばかりであった。

さらに先刻も柳生俊平からは、久松松平家の十一男であることを告げられたばかりである。平八郎は、

——妙に服部家に縁がある、

と、あらためて久兵衛の顔をうかがった。

「ぼちぼち話をしてもいいだろう、久兵衛さん」

弥七が念を押すと、久兵衛はようやくうなずいた。

「じつはこの久兵衛は、服部家の密命を帯びて江戸まで出てきたそうなんで」

密命とは、穏やかではない。おそらく長安の絵地図にかかわる抗争が、遠い越後まで及んでいるものと思われたが、平八郎は黙っていた。

「それと、どうもこの久兵衛は越後からずっと誰かに付けられておるらしいんで。そ

うだろう」

平八郎は、久兵衛の顔を探るように訊ねた。

久兵衛は小さく頷いて、

「おそらく、幕府の隠密でござろう」

久兵衛は、ようやく心を開いたか、初めて平八郎をまっすぐに見すえて言った。

「ご覧あれ」

久兵衛は格子窓を開けた。通りに数人の侍が薄闇の中、群をつくってこちらをうかがっている。

いずれも町人のなりではあるが、人相風体明らかに武士である。

「して、服部家の密命とは――」

「じつは……」

久兵衛は前屈みになって、三白眼《さんぱくがん》の大きな目で平八郎を見つめ、声をひそめた。

久兵衛の言うには、服部家に伝わるある品に幕府が目を付けており、半月ほど前、藩主の久松松平家を通じて幕府から問いあわせがあったという。

「して、その服部家に伝わるものとは……」

平八郎は、数日前の玄哲の話から、それが大久保長安の絵図面であることに相違あるまいと思ったが、久兵衛の話に合わせて、問いかけた。

「それが、驚かれぬように……」

久兵衛は、左右をうかがって懐中から古い皮袋を取り出した。

「これでござる」

久兵衛はその皮袋を前にすすめ、

「人目がござる。取り出さず、中をご覧くだされ」

皮袋を覗くと、袋の底に三粒の豆つぶ大の金が沈んでいる。

「これは金塊でござるか」

平八郎が訊いた。

「いや、金塊ではなく、武田家が隠した碁石金でござる」

「碁石金……」

「百数十年前まで、武田領で通用していた貨幣でござる」

「はて、めずらしいものでござるな」

平八郎は一粒だけ取りあげて、しげしげと見入った。

「人の目がござる。ここではそのくらいに」

久兵衛が、低声《こごえ》で平八郎を諫めた。

袋の中には、別に短冊の絵図面が入れられている。久兵衛は、それを大事そうに取り出し、

「ご覧くだされ」

と、平八郎に手渡した。

「これらは、いずれも服部正成の弟正重が岳父大久保長安から託されたもので、長安がここに記された土地でこの碁石金を見つけた折に書き留めたもの、と聞いています」

「ではこれは、大久保長安の秘蔵した金ではなく……」

「おそらく、長安が旧武田領の何処かで見つけた武田家の埋蔵金と存ずる」

平八郎は、刮目《かつもく》して久兵衛を見かえした。

「だが、なにゆえ大久保長安は服部正重にこれを預けたのであろう……」

「長安は、対立する本多正信、正純親子の動きから、いずれ自分にも責めがおよぶものと考え、服部正重なら忍びの者ゆえ、隠しおおせるものと考えたのでござろう」

「話のあらましは承《うけたまわ》った、だが、何故そのような大事を、それがしに打ち明けるのでござろう」

久兵衛が言いにくそうに口籠もるのを見て、弥七が代わって、

「あっしからお話ししやしょう。久兵衛の申しますには、服部家はこの碁石金と絵図面を幕府に差し出すくらいなら、他藩に買ってもらったほうがましと考えているようで」

「他藩……」

そう繰り返して、平八郎はおよその察しがついた。他藩とはおそらく甲府藩であろう。

「なにしろ、久松松平家は領地替えを喰らってひでえ目にあいやした。幕府への恨みは並大抵のもんじゃねえそうで。そんなところに、甲府藩が幕府に目をつけられ、領地替えの話さえすすんでいるということで、他人事《ひとごと》とは思えねえと、お譲りすることを考えたそうです。それで、あれこれ調べているうちに、甲府藩と幕府のあいだの揉め事があることを知り、その間に平さんが絡んでいることも調べあげて、訪ねてきたそうなんで」

「しかし、それがしのことまでよく調べられたな」

平八郎は、怪訝そうに久兵衛をうかがった。

「我ら服部一族は忍びの家柄でござる。あれこれ諜報の網は持ってござる」

久兵衛は憮然として平八郎を見かえした。

「して、絵図面を甲府藩に譲って、みかえりになにを求められる？」

「有体《ありてい》に言えば、分け前でござる」

久兵衛は、悪びれずに言った。

「いえね。ご多分に洩れず、当節越後高田藩も台所事情はかなり苦しいようで。むろん服部家も同様。幾ばくかの謝礼をいただいて家の財政を立てなおしたいのだそうで」

弥七が、同情するように言った。

「それは、わからぬでもない。もしこの金がまこと武田家の隠し金であれば、柳沢吉里様も大いに嬉ばれよう。話に乗ってこられる可能性はじゅうぶんある」

「ひとまず、この絵図面がお役に立つものか、甲府藩に当たってみてはくださらぬか」

打って変わった慇懃《いんぎん》な口調で、久兵衛は平八郎に懇願した。

「承知した」

平八郎は、あらためて色の変わったぼろぼろの紙片に目を落とした。

美和の持参した絵地図同様、甲斐東北部黒川山周辺の山々が描かれその下に、

——黒川千軒、西に一里、

とかすれた文字で記されている。

「武田の碁石金にしろ、新たな鉱脈にしろ、なにかが出てきた折には、その一部を謝礼としていただければじゅうぶんと、主は申しております」

久兵衛は、あらためてそう念を押し、平八郎の前に皮袋と紙片を差し出し、その厳しい面体に似合わぬしおらしい顔でまた丁重に頭を下げた。

五

それから三日ほど経って、長屋の腰高障子が乱暴に開け放たれ、意外な顔が九尺二間の手狭な家の中を覗きこんだ。

「大変だ、平さん――！」

柳生俊平である。

「これは柳生殿――」

「挨拶は後だ。美和どのが捕らえられた」

「えっ？」

お光の茶漬けを腹に流しこんでいた平八郎は、うっと咽《のど》につまらせ、俊平を見かえした。

「拙者のせいだ。あい済まぬ」

「わけを話してくだされ」

平八郎は、袖を引いて俊平を家の中に招き入れた。

「美和どのの正体が、門弟どもにバレてしまったのだ。ほれ、かつて美和どのとご子息を待ち伏せし、襲った門弟どもだ。その中に夜目の利く者があってな。美和どのの面体をしかとおぼえていたらしい」

平八郎は舌打ちして、俊平を見かえした。

俊平も、美和も、迂闊であったと言わざるをえない。

「その者、当家の廊下で擦れちがった美和どのを不審に思ったらしい。そこで問い質したところ、美和どのは顔を伏せるばかりであったので、ますます訝しく思い、大部屋に引き入れて、あの夜の二刀差しの若衆ではないか、とさらに詰問したところ、美和どのは黙りこんでしまったという」

「それで、その者らは美和どのをどうしたのです?」

「女人をいたぶるのはさすがに気が引けたのであろう。門弟どもは、美和どのに稽古試合を申し入れたそうだ」

「稽古試合……？」

「それはむろん口実で、寄ってたかって袋叩きにしようと思ったのであろう。美和どのは、竹刀は使えぬと言い逃れたそうだが、それなれば薙刀でよい、と門弟どもは放さぬ。やむなく試合をしてみれば、薙刀といえど腕の差は歴然、門弟どもは次々に打ちすえられた。されば、と今度は立ち切りの仕合いを挑んだという」

柳生道場の立ち切りは吉十郎も経験したというが、勝った者が一人ずつ間断なく打ちこんでいく手荒な試合作法である。息があがりはじめたら、そこを打ちこまれ、半殺しの目にあうことになる。

「十数人を倒したところで、ついに美和どのは組み敷かれ、縄を打たれた」

「おぬしがついていながら、なんということだ」

平八郎は、憤然として会津兼定をひっつかみ、立ちあがった。

俊平が、美和に罠を仕掛けたとは思えなかった。それなら、平八郎のところまで注《ちゅう》進《しん》におよぶはずもない。だが、次代の藩主である俊平に、なぜ美和を助けられないのか、そこのところが平八郎は訝しかった。

「あい済まぬ。それがし、じつは養子となってまだ一年余り、門弟どもはいまだまともに取り合うてはくれぬのだ。それに、師範代が一人死んでいる。門弟どもは、鬱憤を晴らしたい気持ちが抑えきれぬのだ。皆、柳生家の恥、いや将軍家の恥とまで申して騒いでおる」

「死者が出たとは申せ、門弟が他の流派との立ち合いに敗《やぶ》れただけの話。遺恨に思うのは、筋ちがいではないか」

平八郎は、冷ややかに俊平を見かえした。

「冷笑されてもしかたがない。だが今や、剣の実力を失った柳生家に残されたものは、将軍家剣術指南役の肩書だけなのだ。あの者らは、もはやそうした面子《メンツ》と対面だけで生きておる。それに、まずいことに師範の檜垣又十郎《ひがきまたじゅうろう》が大和の柳生宗家から戻ってきておってな。この者、義父柳生俊方の信任篤く、とても私の言うことなど耳を貸さぬのだ」

（まずいことになった……）

平八郎は、唇を歪めてもういちど俊平を見た。

考えたくはないが、俊平に門弟どもを抑える力がないのであれば、美和を秘かに闇に葬ることとさえ考えられる。なにせ一度は待ち伏せて、吉十郎を闇討ちにしようとした連中なのである。

「とにかく、奪いかえしてくる」

平八郎は、会津兼定二尺三寸をひっつかみ、立ちあがった。

「待ってくれ。いかにおぬしでも多勢に無勢だ。それに、師範の檜垣又十郎はすこぶる腕が立つ」

「やむをえぬ」

「いや、落ちつくことだ。ここは時を待て。さいわいおぬしの面体は、まだ門弟どもに知られていない。ひとまず、私の客分として藩邸に潜んでいてくれ。門弟どもが寝入ってしまえば、助け出す機会もおのずと訪れよう。私は、美和どのに危害の及ばぬよう門弟どもを見張っている」

「美和どのは、いま何処だ」

「上屋敷内、厩《うまや》の脇にある土蔵の中だ」

「よかろう。救出は夜半としよう」

平八郎はまた座りこむと、ごろりと刀を投げ出し、しばらく考えていたが、

「ぼろ鉄、帰っているか」

隣家を隔てる壁に向かって声をあげた。

「なんだい、平さん」

年若い男の声がかえってきた。俊平には事情がわからぬだろうが、薄壁一枚、ぼろ

鉄にはこれまでの話はおそらく聞かれてしまったにちがいない。

「紙と硯を貸してくれぬか」

「いいさ」

「それと、お局方の〈女御ケ島〉は行ったことがあったな。吉十郎がそこにいる。手紙を届けてくれないか」

「お安い御用だ」

玄関から飛びこんできたぼろ鉄は、一瞬見知らぬ侍の姿にうっと身構えたが、俊平が屈託ない顔で笑っているので、

——なんでえ、おめえ、
といった顔で気味の悪そうに俊平を見かえすと、商売道具の筆と紙を平八郎の掌に押しつけた。

六

吉十郎への手紙には、

——今宵八つ（午前二時）、柳生藩邸裏門で待て、

とだけしたためていた。お局方を不安がらせてはならないので、子細は記していない。

（吉十郎は、事情を察して駈けつけてくるであろう……）

平八郎も、そのあたりまでは、吉十郎に信を置いている。

五つ（八時）近く、葺屋町の表通りは深い闇に沈んでいた。

俊平は人気《ひとけ》のない藩邸へ平八郎を招き入れると、急ぎ自室に引き入れ、何処から持ってきたのか、屋敷の見取り図を畳の上に広げてみせた。

「美和どのが捕らえられている土蔵は、この拝領屋敷の裏手、ちょうどこのあたりだ」

俊平は、扇で図面を指し示した。

吉十郎が奪回に来ることを警戒し、門弟が二人、土蔵の前に詰めているという。

「ひとまず、これで頭を冷やしてくれ」

俊平は、冷酒の入った大徳利を平八郎の前にどかりと据えた。

そんなものを飲んでいる気にはとてもなれないが、じっと時を待っていては焦燥感が募るばかりである。手持ち無沙汰な平八郎と俊平は、スルメを肴にちびちびやりはじめた。

それでも間がもたず、俊平は囲碁を持ち出してくる。

何局かやると、俊平は美和のようすを見に立って、

――どうやら大丈夫のようだ。

と言って、また座りこんだ。

そうこうしているあいだにも俊平は、

――情けない養子の境遇、
を、ボソリボソリと語りはじめた。

一昨年、柳生藩に養子に入る前、俊平は越後高田藩十一万三千石松平継重《つぐしげ》の十一男であったことは聞いている。

禄高は十余万石と、とても大藩とはいえないが、それでも徳川家康の義母弟松平定《さだ》勝《かつ》少将が藩祖という譜代の家柄だけに、こうした飄々とした若者が生まれたのであろうと、平八郎は推察した。

久松松平家については、大久保長安の書き付の話を、数日前服部久兵衛から耳にしている。また勝田玄哲からも、その絵地図を尾張藩が探していると聞いたばかりである。

（なるほど、こ奴にも服部半蔵の血が流れているのか……）

平八郎はあらためて、俊平の顔をめずらしそうに眺めた。

夜更けて、とりとめもない話がさらに続く。

「尾張名古屋とは隣り合わせでな。かの地にいたほうがむしろ長い。だから、柳生といっても親しみをおぼえるのは尾張柳生のほうだ」

俊平は、江戸柳生を継ぐ立場となった己の境遇に、複雑な思いを抱いているようであった。

「だが、柳生藩の藩主ともなれば、将軍家に剣術を指南するのではないか」

「もはや、将軍家も柳生の剣など当てにしておるまい。義父殿は、家臣の村田久辰《むらたひさたつ》を指南役に立て、自身は将軍家の剣術の稽古には顔も出さぬらしい。そのうえ、他藩から養子を取るのだ。江戸柳生は、もう終わりだ」

「そうか……」

平八郎は、剣の名門柳生家の複雑な内情を初めて知った思いであった。

「どうせ、おれなどお飾りだ。家名が続けばそれでいいのだ」

酒のせいか、俊平の口からついつい愚痴が出る。やがて、話もとぎれ、俊平は畳の上に大の字になった。

平八郎にも睡魔が襲ってくる。ふと目覚めると、俊平が平八郎を揺り動かしている。

「蔵のようすを見てきたよ。門弟が二人、蔵の前を見張っていた」

俊平の話では、美和は蔵の中でおとなしくしているという。俊平が、

——代わってやるので、しばし休め。

と勧めると、門弟は困った顔をしていたが、主命だと脅してやったら、長屋に戻っていったそうである。

「今なら、土蔵の前に人はいない」

俊平は、平八郎を見てにやりと笑った。

「だが、鍵がかかっておるのだろう」

「門弟から預かってきた」

俊平は、大ぶりの頑強そうな蔵の鍵を掌の上で踊らせた。

「なかなかやりおる」

「あとは平さん、よろしく頼む。私は、これ以上動けぬのでな」

「あいわかった」

表に出ると、雲間に半月が青白く顔を出していたが、丑三《うしみ》つ刻《どき》（午前二時）だけにひどく暗い。平八郎は、俊平が持たせてくれた家紋入りの提灯を頼りに、土塀沿いに歩きだした。

犬の遠吠えが近い。

表玄関までまわって、そこから右手の土塀に沿ってしばらく行くと、厩の黒い影が目に止まった。俊平の言っていたとおり、土蔵の前に門弟の姿はなかった。

土蔵の重い観音扉を押し開き、提灯をかざして中をうかがった。

蔵の中は黴《かび》臭く、提灯の丸い灯りの輪の外は漆黒の闇である。

「どなたです……」

奥で、くぐもった女の声があった。美和にちがいなかった。だいぶ痛い目にあったらしく、声がかすれている。

「私だ、美和どの……」

「あっ、平八郎さま！」

安堵の声が、土蔵にこだました。

闇を探って奥にすすむと、うず高く積み上げられた木箱の裏手に美和がぐったりとして横たわっている。手足を荒縄で縛られていた。

平八郎は急ぎ縄を解き、美和の顔を覗きこんだ。

「お怪我は——」

「足腰を打っていますが、動けぬほどではありません」

「されば」

抱えあげると、美和はよろけて平八郎の腕にすがった。

打ち身が酷いのであろう。片方の足を引きながらかろうじて片足立ちした。

一人では、とても歩けそうにない。腕を取って肩に担ぎ、這うようにして土蔵を出ると、遠くに提灯の灯りが二つ、揺れながら近づいてくる。

どうやら、俊平から戻って休めと命ぜられた門弟たちが、心配になって戻ってきたらしかった。

「何奴ッ——！」

逃げていく二人に気づき、門弟の一人が荒い声をあげ、こちらに駈けてきた。

だがその時には、平八郎と美和の姿はすでに裏門を潜り抜けている。門を出てから平八郎は、

（ひと暴れしてくれるか……）

ふとそう思い、振りかえったが、美和を抱えていてはやはりできそうにない。平八郎は舌打ちした。

その間にも、追撃の足音はさらに近づいてくる。美和を担いでいるので、平八郎の足取りは重かった。追撃者との距離は、みるみる縮まってきた。

（いずれにしても、迎え撃たねばならぬようだ）

そう覚悟を決めた時、闇の奥で気配があり、何者かが駆け寄ってくるのがわかった。

「父上……！」

「来たか、吉十郎」

「美和どのは、ご無事でしたか」

吉十郎は荒く問いかけ、すぐに平八郎がかかえる女人に気づいた。

「大丈夫ですか、美和さま」

そう言いながら吉十郎は、急ぎ美和のもう片方の腕を担いだ。

「すみませぬ、吉十郎さま。不覚にも……」

美和の声が上気している。吉十郎がまだ傷も癒えぬ体で、助けに来てくれたことがよほど嬉しいらしい。

駈け寄ってきた門弟一人が、吉十郎の姿に気づき、うっと後ずさった。追ってきた門弟は二人いたが、もう一人は屋敷に仲間を呼びに行ったのだろう。姿がない。

吉十郎と美和の腕前はじゅうぶん承知しているだけに、門弟は平八郎にも手が出せない。

「提灯、松明《たいまつ》ッ」

門弟どもが口々叫ぶ。

土塀の向こう側が、にわかに騒がしくなっている。

「おまえのために、とんだことになった。美和どのを頼んだぞ」

「屋敷に戻って、早く寝ることだ」

平八郎と吉十郎は棒立ちする門弟を尻目に、ふたたび吉十郎と二人で美和を担ぎ、月明かりだけを頼りに北に向かった。

だが、美和を抱えているだけに二人の逃げ足は遅い。

「すみませぬ」

美和は、幾度も二人に詫びを入れた。思うように動かない体が、ひどく歯がゆいらしい。

あたりは旧吉原の町人街で、中村座のある堺町は目と鼻の先である。さまざまな商店や風呂屋などが軒を連ねていたが、今は何処も戸を閉め、寝静まっている。

三人は、土地勘のある中村座の近くまで逃れてきたが、ついに追いすがる門弟たちに囲まれてしまった。十人ほどの門弟が、三人を遠巻きにして輪をつくる。

面体は定かでないが、さすがに柳生の高弟らしくいずれも手練の者であることが影の動きからもわかる。

（やむをえぬな……）

平八郎は、美和を吉十郎に預け、会津兼定二尺三寸を静かに抜き払った。

遠く、中村座の櫓が影絵のように見えていた。

「わたしも闘います。吉十郎さま、脇差しを」

吉十郎が、腰の一刀を手渡すと、美和はそれを急ぎ腰間に落とし、すばやく抜き払って中段にとった。吉十郎も、遅れて大刀の鯉口を切る。

さすがに腕の立つ三人が互いに背を当て隙なく身構えると、門弟は提灯、松明をおそるおそる突き出すばかりで、撃ちかかって来るようすがない。

「どうした、腰抜けばかりか」

吉十郎が凄味を効かせて一歩踏み出すと、門弟の黒い影がわっとさがった。

「やらぬのなら帰れ。騒ぎ立てれば近所に迷惑になるばかりだ」

平八郎が影をねめまわすと、

「待て」

門弟の黒い影のあいだから、いちだんと屈強な男が一歩前に踏み出した。

月明かりのせいか、魔物のように大きな影を引いている。

（この男が、俊平の言っていた道場師範檜垣又十郎であろう……）

平八郎は、油断なく男のようすをうかがった。

「足下《そっか》は、柳生道場師範の檜垣又十郎殿か」

「いかにも」

又十郎は余裕を見せ、まだ刀を抜いていない。

「他流試合の結果に、目くじらを立てる気はないが、稽古試合でありながら、相手を強打したという。そこな若者は作法も知らぬ野獣も同然。死んだ室伏彦四郎の無念を晴らさねばなるまい」

又十郎はようやく刀の柄に手を掛けた。

「いきなり他流試合を挑んだ非礼は、この者に謝らせてもよい。しかしながら、あれは事故。そもそも、一人を相手に立ち切りの稽古試合など、名門柳生新陰流とも思えぬ。ましてその恨みを晴らさんがため、闇討ちにおよぶとは、将軍家剣術指南役柳生新陰流とも思えぬが」

「たしかに、まずいことをしたようだ……」

檜垣又十郎はぼそり独白すると、

「門弟どもには厳重に注意しておこう。それはそれとして、すでに人が死んでおる。

門弟たちのあいだに恨みは深い。もはや、このままでは済まされぬ。ぜひにも決着をつけねばなるまい」

又十郎は、つっかけてきた草履を後方に弾き飛ばし裸足になった。

「醜態を知られては、柳生の恥。口封じか」

「ほざくのは今のうち」

又十郎の黒い影が、刀を中段にとったままじりっと間合いをつめた。

(さすがに出来る……)

平八郎は、あらためて思った。影となって蠢く門弟どもとは天と地ほど腕がちがい、その構えに一分の隙もない。

(これが真《まこと》の柳生新陰流か……)

「父上、ここは私の責任において」

吉十郎が背後から平八郎に言った。

「退っておれ」

平八郎が、吉十郎に命じた。

吉十郎がいかに争いの責任を感じていようと、勝てる相手ではない。

檜垣又十郎は、まだじっと動かない。

後《ご》の先《せん》、つまり先に相手に撃ちこませ、それに応じて撃ちかえす。これが柳生新陰流の基本である。おそらく、この檜垣又十郎もまた、平八郎に先に撃ちこませようとしているらしい。

（されば、逆らわず誘いに乗ってみるか……）

平八郎は、ゆっくりと一歩前に踏み出した。

檜垣又十郎は意外な行動に出た。素早く先を取ってきたのである。

いきなり跳びあがり、宙空で片手を離すや、剣尖をわずかに傾けて、平八郎の右横面に撃ちこんできた。

平八郎は、意表を突かれて後方に退いた。

檜垣又十郎は、なおも平八郎を追って二撃、三撃と、撃ちこんでくる。

檜垣又十郎の刀が、ふたたび真っ向上段から虚空を斬り裂いたかと見えたとき、その刀身がくるりと翻り、下段からいきなり一文字に斬りあげてきた。

燕の飛翔にも似た、鮮やかな返し技である。

平八郎は意表を突かれて、かろうじて前に転じたが、翻った檜垣又十郎の刃が平八郎の袖を裂き、肉を裂いている。

檜垣又十郎は、なおも撃ちこんでくる。

平八郎は、さらに飛びさがった。

「父上ッ――」

吉十郎が、すばやく檜垣又十郎の後方にまわった。

平八郎が危ういと見て、吉十郎が捨て身で前に踏み出したのであった。そのまま、じりじりと詰め寄っていく。

「やめた。勝負はまたの機会に譲る」

檜垣又十郎が、一歩退き刀を納めた。

「何故ッ――！」

平八郎が問うた。

「これだけの腕達者を、二人同時には相手にできぬ。逞しい御子息に命を拾うてもらったな」

檜垣又十郎は、早々に刀を鞘に納め、くるりと平八郎に背を向けた。

門弟どもが、無念そうに三人を振りかえりながら、飄然と立ち去っていく又十郎の後を追っていく。

平八郎と吉十郎は、凍りついたような眼差しでその後ろ姿を見送るよりなかった。

第五章　弱腰老中

一

「しばらくのあいだ、右腕は使えぬな」

傷の手当を終え、町医者太田宗庵は平八郎を上目づかいに見た。

はだけた小袖の袖を苦しそうに通した平八郎が、苦虫を潰したような顔で宗庵を見かえした。

「相手が悪いぞ、平八郎。柳生は将軍家のお家流だ。いかなおぬしが溝口派一刀流の達人とて、やはり立ち打ちはむずかしかろう」

そう言われては、平八郎も返す言葉がない。

唯念寺の厨には、平八郎の他に太田宗庵と市子《いちこ》姿の望月夏がつめかけ、心配そうに平八郎を見つめている。

夏は、主柳沢吉里から、甲府藩に力を貸す者たちに〈百万石のお墨付き〉の一件について経過報告することを命じられて、このところたびたび唯念寺を訪れている。

その夏の話によれば、老中会議との交渉は、残念ながらいまだはかばかしい進展は見られないという。その理由《わけ》は、新任の老中水野忠之が、いまだにお墨付きを偽物と決めつけるからだそうである。

水野家は、神君家康公以来の直参の家柄で、徳川家父祖の地岡崎を領し、将軍吉宗の信任もすこぶる篤い。それだけに、他の老中二人も吉宗と御側取次有馬氏倫の他に、この水野にも顔色をうかがわねばならないらしい。

「これでは、手も足も出ぬではないか。水野めはまだ花押について難癖《なんくせ》をつけておるのか」

「はい。あのような花押はこれまで見たこともない、綱吉公がこのようなものを残されるはずはない、偽書にちがいない、などと申されるのです」

夏は、憮然とした口ぶりである。

「城内の書庫には、綱吉公の公文書はいくらでも残っておろうに。それと照らし合わせればすぐにわかるはずだ」

太田宗庵と目を見合わせながら、玄哲が怪訝そうに言うと、

「それが、容易に目に触れることのできぬよう、有馬めが何処かに移してしまったようにございます」

夏が言って、いまいましげに唇を嚙んだ。

「あろうはずもないこと」

吐き捨てるように言う玄哲であったが、なにごとにも強引な有馬氏倫のこと、やりかねないと誰しもが思うのである。

「しかし、このままでは甲府藩の大和郡山移封が決まってしまいまする。なんとしても……」

望月夏の声が、しだいに悲壮なものに変わっている。

「だが、思えば妙な話ではないか」

平八郎の傷の手当を終えた太田宗庵が、包帯を片づけながら言った。

「花押と申さば、徳川家のものはほぼきまった形をしておる。世にいう徳川明朝体《みんちょうたい》というものだ」

宗庵の言う徳川明朝体とは、神君家康公以来の共通の書体で、上下二本の太い横線のあいだに図柄を入れる。

「この藪医者め、妙なことに詳しい」

玄哲が、苦笑いした。

「こうでございましょう？」

望月夏が、古びた畳の上に、指でその図柄を大きく描いて見せた。およそ五の字のように見える。

「そう、そのような感じだ」

ふむと頷いて、宗庵は白い顎鬚を掌で包むようにして撫でた。

「されば、綱吉公の花押もそのようなものであろう。水野忠之め、見たこともないなどと申しおって。ようも言い張るものだ」

宗庵が吐き捨てるように言い、顔を紅らめた。

「さしづめ、有馬氏倫あたりにそう言い含められているのであろうよ」

玄哲が、パタパタと乱暴に団扇を使いはじめた。

「あとの二人の老中は弱腰ゆえ、お上の顔色をうかがっているのでございましょう」

夏も、納得して頷いた。

「まあ、そう言うてくれるな。あの者らも、あれでよう抵抗してくれておる。だが、このままでは、いっこうに事態は改善されまい。なんとかしてこの膠着状態を打ち破らねばな」

玄哲がいまいましげにそう言ったところで、寺男の孫兵衛がいつもの濃いめの茶と厚切りの羊羹を盆に乗せて運んできた。

その茶を口に含み、平八郎は顔を歪めた。今日も渋い。

「なんとか、老中どもを動かす手はないものかの」

玄哲が、唸るように言って腕を組んだ。

「いっそ、佑筆《ゆうひつ》を手なずけて花押のある文書を書庫から持ち出させるか」

「玄哲殿、それはいかがでござろう……」

平八郎は、困ったように玄哲を見かえした。玄哲のやり方はいつも手荒で、対立を煽り立てる。

「吉里様がお困りになるだけでございまする」

夏が、玄哲をたしなめると、

「待て。綱吉公の花押といえば、どこかで目に触れたような気がする」

渋めの茶をわずかずつ口に含んでいた宗庵が、記憶をたぐり寄せるように虚空を睨んだ。

「まことか。なにゆえおぬしが……」

玄哲は、いつもの宗庵の将棋の手口から、また大口を叩いたものと見たのである。

「いや、たしかあれは、右近《うこん》が所持していた文《ふみ》の中にあったはずだ」

「法心院さまでござるか……」

平八郎は、六義園で遠目に見た宗庵の娘という伏目がちの尼僧の横顔を思いかえした。

「うむ、間違いない。そうであった」

宗庵は、得心して膝を叩いた。

「これはいささか旧聞に属する話ゆえ、忘れておった……」

そう言って宗庵が語りはじめた秘話は思いがけないもので、とかく犬公方《いぬくぼう》、暗愚な側近政治の実行者と悪《あ》しざまに語られる五代将軍綱吉の実像をうかがい知るにはじゅうぶんなものであった。

宝永《ほうえい》元年（一七〇四）、五代将軍徳川綱吉は、己の子と信じる柳沢吉里を、いずれ将軍にと願いつつ、公家の出の正室信子《のぶこ》や生母桂昌院《けいしょういん》に気兼ねして、西ノ丸に入れることを憚った。

綱吉としては、とりあえず甲府宰相綱豊《つなとよ》を将軍世子として立て、西ノ丸に入れて家宣と改名させ、つなぎの将軍とした後に、成人した吉里を迎える計画を立てた。

だが、宝永三年、家宣の側室右近の方とのあいだに男子が生まれ、この子家千代が次の将軍位継承者と目《もく》されるにおよんで、世間では綱吉と側用人の柳沢吉保が、必ずや邪魔な右近の子を闇に葬り去るであろうと噂しあった。

そしてその噂が現実となったかのように、家千代が生後二カ月余りで早世すると、

——綱吉が闇に葬った。

——いや、やったのは柳沢吉保だ、密教僧隆光《りゅうこう》に呪いの祈禱をさせたのだ。

などと、尾鰭《おひれ》のついた噂話が、江戸市中にあっという間に広がったのであった。

右近の方は、その噂を信じ、綱吉や柳沢吉保を恨んで身悶えしながら泣き暮らしていた。そこに一通の書状が綱吉から届けられた。その内容は意外なもので、

——近頃、妙な噂を耳にするが、余は断じてそのような不義は犯しておらぬ、信じてほしい。

と切々と訴えかけた文面で、書状の末尾には直筆《じきひつ》の花押が記されていたという。

「あの折、右近は綱吉公の心づかいでようやく心が晴れたと、嬉し涙を流しておった」

その綱吉公の書状を、法心院は今も大切に保管していると宗庵は言う。

「おお、それを三人の老中に見せてやればよい」

玄哲が大きな目を見開いて、宗庵を見かえした。

「されば、我が娘月光院をも動かそう。同じ城内ゆえ、連絡も取りやすかろう。尾張公にもお口添えいただくよう、留守居役の水野弥次太夫殿に連絡をとって[illegible]

玄哲が膝を叩いて大声をあげると、

「これで、ようやく山が動きだしますな」

平八郎も、久しぶりに頼もしげに玄哲を見かえした。

「我が主も、きっとお喜びになられます」

望月夏も、目を輝かせて急ぎ帰り支度を始めた。主の吉里は、このところ悩み多く、この刻限でも眠れず夏の帰りを待っているはずという。

二

その数日後、殺陣の稽古を休み、利兵衛長屋で養生する平八郎のもとに、ひょっこりと柳生俊平が訪ねてきた。

手土産に両国の茶屋〈大和屋《やまとや》〉で買った蒸《む》し饅頭《まんじゅう》を下げている。

「どうやら、無事逃げおうせたようだな」

平八郎は、お光の用意してくれていたにぎり飯を左の手で頬張り、辰吉のところの商売ものの蜆の汁を流しこんでいるところであった。

飄々とした口調の俊平に、吉十郎がカッと目を剝いた。

吉十郎は傷の養生のため、家でごろごろしていたが、美和の救出で無理をしてしまい、背中の傷が開いてしまったのであった。

「おまえ、なにゆえ我らにつきまとう」

「つきまとっておるわけではない。平八郎殿は、我が友だ。いや、偽りなく申さば、剣の師とさえ思うておる」

俊平はめずらしく、真顔になって応じた。

枕《まくら》屏風《びょうぶ》越しに、美和がちらりと俊平を見た。美和の眼差しも険しい。

「ならば、なにゆえ屋敷内に美和さまを招き入れ、門弟の目に触れるようにした」

吉十郎が食ってかかった。

「たしかに、あれは、拙者の迂闊であった……」

俊平は、首をすくめて後

「これ、吉十郎」

平八郎がたしなめたが、吉十郎の怒りは容易に収まりそうもない。ついに、傍《かたわ》らの刀の下げ緒をたぐり寄せ、片膝を立てた。

俊平も、さすがに険しい顔で吉十郎を睨んだ。

「おやめなさい、吉十郎」

美和が屏風越しに吉十郎をたしなめた。美和もようやくここのところ体が動くようになってきたが、痛みと青痣《あおあざ》がまだあちこちに残っているという。

「吉ちゃん、俊平さんはそんな人じゃないよ」

いきなり長屋の薄い壁越しに声がかかった。辰吉である。

「そうさね、世間知らずのお坊ちゃんさ。悪さのできる人じゃない」

「どうして、わかるのです」

吉十郎が、壁越しに問いかえした。

「年の功だよ。顔を見りゃわかるさね」

「そうさ。だいいち、疑われるのを承知で、見舞いに来る莫迦《ばか》がいるかい。腹に一物《いちもつ》ありゃ、そんなことはしねえもんだ」

辰吉がめずらしく語気を強めると、平八郎もにやりと笑って顎を撫でた。

「美和さまは、どう思われます？」

吉十郎が、立ちあがり隣に座った美和に訊いた。

「私もそうは思いますが……」

美和は頷いたが、どこか確信なさげである。

「まったく。二人とも若いねえ。剣の修行ばかりに明け暮れてないで、もっと世間を見なくちゃ」

お徳も、半ばあきれている。

「あいすみませぬ……」

美和はようやく納得したのか、俊平の顔をうかがいながら頭を下げた。

「まあ、お座りなされ」

平八郎が、立ちつくす俊平を座らせて、急須に残った出がらしの茶をすすめた。

「いやいや。もとはといえば、養嗣子である私がいまだに門弟を抑えきれぬところにこたびの不祥事の原因があるのです。不徳のいたすところだ」

「それより、あの夜、いきなり斬りかえしてきた妙な剣はなんだ。将軍家お家流とはとても思えぬ邪剣ではないか」

「たしかに、あの秘剣を暗闇で用いるのは卑怯だ」

俊平は顔をゆがめた。

「まあいい。隠し剣は、どの流派にもある」

「あれは燕がえしという技で、一文字に撃ち下した後、素早く刃をかえし、虚を衝いて逆一文字に撥ねあげる技だ」

「燕がえし……？」

吉十郎が、美和と顔を見合わせた。

「まるで宮本武蔵《みやもとむさし》と闘った巌流佐々木小次郎《がんりゆうささきこじろう》のようです」

「吉十郎殿、新陰流の燕がえしは巌流のものとはいささかちがう。巌流は、越前の中条《ちゆうじよう》流から派生したもの。当家のあの燕がえしは、尾張柳生に代々伝わるもので、あれを遣える者は、柳生でもそうはおらぬ。刃の返し方がなかなかにむずかしい。むろん江戸柳生で遣えるのは檜垣又十郎だけであろう」

俊平が、吉十郎に丁寧に説明した。

「父上、あれをまともに喰らわば、ひとたまりもありませぬぞ」

「おそらく、顎を打ち砕かれるか、股間を割られましょう」

美和がそう言って平八郎を見かえし、ハッと顔を赤らめた。

俊平の話では、檜垣又十郎は俊平の義父柳生芳方が六代将軍家宣のため指南役として立てた村田久辰《むらたひさたつ》（これは後に直臣となって旗本柳生家を興《おこ》している）が見出し、藩の道場師範とした者であるという。

「あれは、なかなかの強豪だ。それに研究熱心でしてな。大和の柳生本家の書庫に籠もって古書を調べてみたり、尾張柳生まで出張稽古に出向いたりと、なかなか精力的にやっておる」

「おぬし、立ち会ったことはあるのか」

「私など、とてもとても。相手にならんさ」

俊平は、手を振って否定してみせた。

「それより、平八郎殿に頼みがある」

俊平が、あらためて平八郎の顔をうかがった。

「あの事件以来、私の藩での立場はひどく悪い。なにゆえ美和どのを藩邸内に招き入れたかと問い詰められてな」

もっともな話である。門弟の仇とも言うべき者の縁者を、こともあろうに藩邸に招き入れたばかりか、救出に手を貸した形跡まであるのである。

「義父から、しばらく大和の柳生本家に戻っておれ、ときつく叱られてしもうた」

「さればおぬし、しばらく江戸を離れるのか」

「すでに、江戸を発ったことになっておる」

「供も連れずにか」

「供はうるさいゆえ、途中品川宿でまいた。そこでだ、朝から何も食っておらぬ。この蒸し饅頭を食うゆえ、茶を淹《い》れてはくれぬか」

美和があきれたように俊平を見かえして、ゆるゆると立ちあがり、茶を淹れはじめた。美和の表情からは、ようやく俊平への敵意は消えていた。

しばらく前から、三味線の音が高く低く聴こえていた。

お局方が新居に越してからというもの、この裏長屋で三味線を弾く酔狂《すいきょう》な者などあろうはずもない。

それに三味の音は井戸端あたりから聞こえてくる。しかも、長らく立ち去る気配がない。

「妙でございます」

美和が眉をひそめ、平八郎を見かえした。

と、腰高障子がからりと開いて、お光が顔を出したが、やはり三味の音が気になるのか、背のびして表を振りかえった。

「表通りに変な女《ひと》が……」

「あっ」

と叫んで、平八郎が急ぎ外に飛び出した。

やはり、望月夏であった。夏は、深々と鳥追笠《とりおいがさ》を被り、面《おもて》を隠している。春もたけなわ、縞の一重が目にも艶やかであった。

「平八郎さま、事態は急変しております」

夏は、鳥追笠の端をつまんで平八郎に顔を向けた。

「我が藩の江戸家老小松兵太夫《こまつへいだゆう》が、老中会議の方々にお目通りし、法心院さま（右近の方）からお貸しいただいた綱吉さまの書き付があるとお伝えしたところ、とりあえず確認しよう、と申されたそうにございます」

（はて……？）

平八郎は首を傾げた。

あれほど難癖をつけていた水野忠之までが、甲府藩の求めに応じたわけが、いまひとつ平八郎には解せなかった。

「あの弱腰老中連が、よく動いたものだな」

「法心院さまは、先々代家宣公のご継嗣家千代さまのご生母、大奥でもお力がおありでございました。それに、こたびは前《さき》の将軍家継様のご母堂月光院さまのお口添えがございます。さらにまた、尾張継友公も動かれた形跡がございます」

「だいぶ、話が大きなものになってきたな」

平八郎は、感心して顎を撫でた。

「主柳沢吉里は、ご老中方の気が変わらぬうちに、と留守居役に急がせ、さっそくご対面の日取りまでお決めになりました」

「それはよい。だがそうと知れば、将軍家の周辺も動こう。ことに有馬氏倫、黒鍬者の動きを警戒せねばならぬ。氏倫めは、あのように強引な男だ。老中を殺《あや》めるまでのことはせずとも、行列を襲い登城を阻止するくらいのことはしかねぬ。なにせ、気弱なところのあるご老中方だからな。脅せば退こう。それに法心院さまの身辺も、警護せねばならぬな」

「さっそく我が手の者が尼僧に扮し、城内桜田の比丘尼《びくに》屋敷に潜る手筈《てはず》を整えてございます」

夏によれば、六名の望月党の女たちが、当日比丘尼屋敷に潜伏する手筈を整えたという。

「さすがに、手抜かりはないか。だが、老中方のお駕籠も護らねばならぬな。しかし、私は生憎、あまり役に立たぬ」

平八郎は、無念そうに腕を抑えた。

夏も、平八郎の事情は承知しており、黙って頷いた。

「されば吉十郎に、手を貸すように申しておこう」

「そうしていただければ助かります」

夏の伏目がちな双眸が、ようやく明るくなった。

「私にも働かせてくださいませ」

平八郎の背後で、美和の声があった。振り向けば、美和の他に、吉十郎と俊平も表に出て、物陰で二人の話に耳を傾けているようであった。

「平八郎さま、ご遠慮がすぎましょう。こたびの平八郎さまのお怪我は、私が招いたこと。じっとしておれと申されても、私は聞きませぬ」

美和が片足をわずかに引きずりながら、平八郎に歩み寄った。

「いえ、美和どのはご師範の大切な娘御、このような争いに巻きこむことは断じてできませぬ」

「いえ、私はなんと申されましょうと、吉十郎さまとご一緒にまいります」

「吉十郎と……?」

平八郎は、吉十郎と美和の顔を見くらべた。吉十郎は美和と寄り添ってうなずいている。

「こたびは命がけの仕事となりましょう。手傷を負っておられる吉十郎さまを、放っておくことはできませぬ」

「しかし……」

「いえ、父井深宅兵衛も、吉十郎さまをお支えするためと申さば、きっとお許しになるはず」

平八郎は、困った顔で後ろ首を撫でた。

美和の一途《いちず》な気性は、幼い頃からよく知っている。こうと言いだしたら、断じて退かぬ以上、もはやはたらいてもらうよりなさそうであった。

「されば美和どのには、右近の方の御側にお控えくだされ。きゃつらは、ご対面を阻止するため、比丘尼屋敷に乱入するやもしれませぬ。それでよろしいな」

「承知しました……」

美和が、渋々応じると、

「よろしうございました。当日の手筈をさらに詰めさせていただきまする」

夏が、そう言ってちらりと俊平を見た。

「事情は存じあげぬが、こたびのこと、多分に私に責任があるようだ。拙者もご助勢したい。いかがであろうな」

俊平が夏をまっすぐに見て言った。

「とんでもない。そなたがそのようなことをすれば、柳生藩はお取り潰しとなりましょう」

平八郎があわてて俊平を制すると、

「はて、それほどの大事か！」

俊平が、呆然と平八郎を見かえした。

「さよう、天下の行方をも左右いたそう」

「まこととも思えぬが……」

俊平は探るように夏を見かえし、後ろ首を撫でるのであった。

三

八代将軍吉宗は、将軍位を継承するに際し、自分を推挙してくれた五人の老中に配慮して、先代までの側近政治を排することを誓っている。

その五人とは、
土屋《つちや》政直《まさなお》、
井上正岑《いのうえまさみね》、
阿部《あべ》正喬《まさたか》、
久世《くぜ》重之《しげゆき》、
戸田忠真
の諸侯であった。

だが、享保二年（一七一七）にまず阿部正喬が、次いで翌年には土屋政直が隠居し、さらに享保五年（一七二〇）久世重之が、さらにその二年後井上正岑が死去するにおよんで、吉宗はこれまでの配慮をやめて、自分流を露《あら》わにしはじめた。

有馬氏倫ら紀州以来の旧知の家臣を前面に押し立て、将軍御側取次役を設けて、前代将軍の家宣、家継同様の、側近政治を始めたのである。

その後、新たに安藤信友が老中の座に加わったが、文人派の温厚な人柄でとうてい勢いづいた吉宗を抑えることができず、また古参の戸田忠真は高齢で、表立って新将軍に楯突く気力は失せていた。

さらに享保七年（一七二二年）、吉宗の意のままに動く水野忠之を勝手掛《かってがかり》老中として幕閣に加えるにおよび、吉宗はもはや誰に遠慮することもなく独断政治を推進しはじめた。

そこに、このたび吉宗派を驚かす事態が発生した。

反吉宗派の戸田忠真、安藤信友の二人が、甲府藩の訴える百万石のお墨付きと、法心院（右近の方）が綱吉公から送られた書状に記された花押を比較対照するという。

久々に老中二人が、吉宗派に叛旗を翻したのであった。

この動きの背後には、反吉宗の大きな勢力が控えているらしい。

百万石のお墨付きをめぐる争いが、甲府藩一藩の枠を越えて、幕閣、諸藩を二分する大きな対立の火種となりはじめたのであった。

それだけに、将軍吉宗と有馬氏倫主従の反撃策も執拗なものとなることが予想された。

平八郎は、吉十郎と手分けして、二人の反吉宗派老中戸田忠真と安藤信友の行列を警護することとした。

尾張藩御土居下衆は、後方の支援に当たるという。

平八郎の護る戸田忠真は徳川譜代の家臣で、下野《しもつけ》宇都宮《うつのみや》藩六万八千五百石。吉宗の将軍位継承に際しては、側近政治を排するという内諾を直接得た人物である。

それだけに、吉宗の違約には強く義憤を感じており、このたび老いたりとはいえ反吉宗の急先鋒をつとめていた。

呉服橋前の屋敷を五つ（午前八時）過ぎに出た戸田忠真の行列は、一路江戸城南桜田門に向かって粛々とすすんでいく。

生憎、朝から小雨がちらついている。平八郎は深編笠に顔を隠し、ひたひたと行列を追った。

平八郎のさらに後方を、町人に身をやつした御土居下衆が従《つ》いてくる。

（なかなか頼もしいの）

平八郎は前方を往くざっと二十名ほどの供侍を眺めて、ひと安堵した。

いずれも腕におぼえのありそうな屈強な侍たちである。

老中の登城は、四つ（午前十時）に出仕し、八つ（午後二時）に退出するのがきまりとなっている。

これを俗に、

――四ツ上がりの八ツ下り。

という。

この慣例に従い、三人の老中は、この日も四つに下馬どころで落ち合って登城する手筈となっていた。

(このぶんでは、氏倫め、容易に手は出せまい……)

平八郎はひと安堵して、行列の半丁ほど後をひたひたと追った。

弥左衛門町《やざえもんちょう》から桶町《おけちょう》、弓町《ゆみちょう》と過ぎたところで、行列に俄かに緊張が走った。

前方を横切る荷駄に道を塞がれ、立往生しているらしい。

人足の運んでいた材木が、転がり落ちたという。数人の人足が慌てて丸太を拾い上げているが、なかなか要領を得ないらしい。

前方で、供侍のあいだから人足を罵《ののし》る怒声が轟いた。

平八郎は、急ぎ行列に駈け寄っていった。

供侍が、ひと固まりになって苛立たしげに前方をうかがっている。

と、左右の辻から、大八車が数台、いきなり飛びこんできて、行列に割って入った。

十人あまりの供侍が、すわっとばかりに駕籠をかためた。

「なにごとだ――!」・

駕籠の中で、戸田忠真のしゃがれた声が聞こえた時には、頬被りした人足が数人、もう抜刀し、戸田忠真の駕籠に急接近している。

材木を荷車に拾いあげていた男たちも、それを放り捨て、筵に隠したそれぞれの刀を取り出して、駕籠に急迫してくる。

供侍が狼狽しながら刀袋を解き、抜刀した時には、賊の放った一文字の手裏剣が、つぎつぎに供侍の咽《のど》を貫いた。

さらに新手《あらて》が数人、蓑笠で顔を隠し、町辻から飛び出してくる。

雨中の乱闘は、人数的には優勢であったが、虚を突かれ、戸田勢が不利であった。あっという間に供侍の半数が倒されていく。

平八郎は、抜刀した会津兼定二尺三寸を左手に持ちかえ、賊の只中《ただなか》に躍り出た。

「ご助勢いたす」

平八郎は戸田忠真の駕籠を背にかばい、群がる賊を睨みすえた。

いずれも平八郎を見知っている者らしく、気圧《けお》されてわっと退がった。数人が、平八郎の左右、後方にまわる。

やあッ――――！

左から激しく撃ちこむ者がある。その一撃を平八郎は刃をあわせることなく前に転じてかわし、袈裟懸けに斬りおろした。

片手斬りのため、撃ちこみは浅い。

平八郎は手の傷を気取られまいと、右手を柄もとに添え、踏みこみ踏みこみ、鋭い突きをくれた。

「駕籠を狙え！」

手強いと見た賊の一人が、後方に退がって、叫んだ。

ぐるりと駕籠を囲んだ数人が、平八郎から離れ、駕籠に向かう。

振りかえれば、供侍はすでに半分にまで減っていた。

危ういと見て、戸田忠真は駕籠から飛び出して平八郎の背後に立つと、脇差しを抜き払った。

「ご助勢つかまつる」

平八郎が、ぴたりと戸田に背を寄せていった。

と、後方から雨中を飛ぶように駈けてくる一群があった。御土居下衆である。

さらにそれとは別に、もう一人、前方から急迫する者がある。

黒の頭巾で面体を隠し、同じく黒の着流し、赤鞘の大刀を落とし差しにしている。

覆面の侍は、そのまますするすると賊に迫り寄ると、意表を突かれた賊の一団が、ぎょっとして後退りした。

だが、男は逃さず賊に追い迫った。

トントンと、声で拍子を取っている。

平八郎はにやりと笑った。柳生新陰流である。

前から撃ちこんでくる剣尖を、さらりと体《たい》をかわした男は、あざやかに賊の脇腹を払った。すかさず左右から撃ちこんでくる。だが、男は流麗な身のこなしでそれをかわし、瞬く間に五人を斬り払っていた。

賊は恐怖に駈られ、拝みうちに刀を振るうが、もはや腰が浮いて刀が届かない。やがて敵《かな》わぬと見て、男たちは雨中を水煙をあげて駈け去っていった。

「すまぬな、俊平殿」

平八郎が、覆面の侍に歩み寄ると肩を叩いた。

「いや、借りを返したまで。後を頼む。私はもはやこれ以上は……」

「わかっておる」

「ご無事でございましたか」

駈け寄ってきた南雲源三郎ら御土居下衆の面々が、戸田忠真の面前で跪《ひざまず》き、平八郎の後方に控えた。

「お、お手前方は……」

唇を震わせながら、気力を振り絞って立ちつくす戸田忠真が、一同を見まわした。

「それがしとこちらの方は、通りがかりの者、昼中狂刃を揮《ふる》う輩《やから》が許せぬゆえ、ご助勢したまで。お忘れくだされ。それより、こちらは――」

平八郎が振りかえって、御土居下衆の面々を手短かに紹介した。

「御土居下衆と申し、落城の際は、尾張藩主を忍駕籠にて、城下に無事逃すための忍びの集団でござる。水に潜り、森を駈け抜けると申しまする。きっとお役に立ちましょう」

平八郎が一同を紹介すると、御土居下衆は揃って戸田忠真に一礼した。

「尾張藩主徳川継友の命《めい》により、御老中を守護たてまつり、桜田門下までお連れいたしまする」

南雲源三郎が毅然として言い放った。

「さようか、尾張公がそのように申されたか……」

戸田忠真もようやく安堵して、脇差しを納めた。

「さ、このまま比丘尼屋敷へ」

平八郎が促すと、

「それは有り難いが……」

見わたせば、供侍はすでに半数が斬り伏せられ、雨水だまりで苦悶している。

「家臣をこのまま見捨てることはできぬ……」

戸田忠真は、屈み込んで地に崩れた家臣の傷を確かめはじめた。

「お迷いなされるな。戸田様。これは、天下の形勢にもかかわる大事、どうか小事を捨てて、大事にお目をお向けくだされ。御土居下衆の数名が残り、御家臣をお手当ていたしましょう」

南雲源三郎が忠真に強く迫ると、

「そうか」

忠真はようやく頷いて、

「すまぬな、よろしう頼む」

御土居下衆の面々は、深々と頭を下げた。

「皆の者、傷ついた者を労《いたわ》り、養生させよ」

忠真は御土居下衆の担ぎ上げた駕籠に乗り移ると、すぐさま南雲源三郎が、

「急げ」

と配下の者たちに号令した。

気がつけば、雨足がいちだんと荒く激しくなってきている。

ませてある。

四

ちょうどその頃、美和は月光院からの土産の品を手に、比丘尼屋敷に法心院を訪ねていた。菓子折りの下には、五代将軍綱吉がかつて法心院に送った見舞いの書状が潜ませてある。

美和は、勝田玄哲のお膳立てでまず吹上御所の月光院のもとに上がり、その後すっかり侍女の装いとなって、月光院の使いとしてここ比丘尼屋敷を訪ねたのであった。

江戸城内には、別名桜田御用屋敷と呼ばれる一角が形成され、将軍側室や高位のお局方の隠居所や、御庭番屋敷などが立ち並んでいた。

比丘尼屋敷は、その将軍側室やお局方の隠居所である。

美和は雨の中、雨傘を傾げて御庭番屋敷の方角に鋭い視線を送り、水溜まりを避けて比丘尼屋敷の門をくぐった。

法心院は、書状を狙う密偵の潜入を警戒し、一時書状を月光院のもとに預けていたのである。それを、美和が持ち帰ってきたのであった。

「ようお越しになられた」

法心院は、月光院の使いの名目で訪れた美和を屋敷内にこころよく迎え入れると、まず仏間で主家宣に線香をあげさせ、あらためて丁寧な挨拶を交わした。

法心院（右近の方）は幼い頃から、

——千代田のお城のお女中になる、

と家族に告言し、やがては将軍の側室となることを夢みていた勝気な娘であったというが、美和の目《ま》のあたりにするこの法体《ほったい》の女性は、もはや夫と息子の菩提《ぼだい》を弔い、静かに暮らすもの静かな尼にすぎない。

一方法心院は、美和の素性と役割を父太田宗庵の書簡で承知し、すぐにこころを許した。

「見てのとおり、世間からはすっかり忘れ去られた暮らし。訪れる人もなく、淋しい思いをしていましたが、そなたがきてくれて、ほんに嬉しう思う。聞けば、そなたは会津育ちとか。そうした話も聞けると思えば、託された大任もしばし忘れ、なにやら心が浮き立ちまする」

法心院は、たおやかに前方に身を傾け、語りかけた。

美和はひとしきり会津の厳しい自然と、睦まじい人々の暮らしぶりを語りはじめると、話はどこまでも尽きることがない。

ふと我に帰った美和は、

「もはや刻限が迫っております。そろそろお支度を。本日は、法心院さまのご尽力で、きっと甲府一藩を救うことになりましょう」

と法心院を促した。

「お役に立てて嬉しいぞ」

法心院も、己に課せられた任務の大きさに、気を引き締めた。

「これは、お父君太田宗庵さまからのご伝言でございますが、ご老中お三方には、けっして臆することなく、堂々と綱吉公からの書状を与えられた経緯をご説明し、書状が真のものであることを証言なされますように、とのことでございます」

「あいわかった。それにしても、そなたが警護役とは驚きました」

法心院は、美和が武芸の達人であることを父太田宗庵からの書状で知っていたが、本人を目《ま》のあたりにした今も信じられないらしい。

「それに万が一に備え、当屋敷には私の他にも甲府藩より派遣された腕におぼえある女たちが潜んでおりまする」

「何処に……？」

「屋敷じゅうでございます」

法心院は、開け放たれた明り障子の向こうの内庭を見やった。あらかた散ってしまった八重桜が、もう鮮やかな緑の芽を出して、雨に濡れている。

「お茶をお持ちいたしました」

廊下に声があって、侍女が二人、茶と菓子を掲げて入室してきた。

美和は、急ぎその女たちに双眸を走らせた。身のこなしが、只者ではない。

「さ、なにもないが……」

侍女が退った後、法心院が美和に饅頭を勧めた。むろん美和は食べない。

「つかぬことをお訊ねいたしますが、今の方々は」

「初めて見る女たちじゃが……」

言われて、法心院が廊下のあたりに目を戻した時、ふたたび人影があって、

「お茶をお持ちしました」

別の女の声である。

美和がハッとして菓子折りの下の書状を摑み、懐中に収めると、

「法心院さま、それはお食べなさりませぬように」

立ち上がり、仏壇の脇の木魚《もくぎょ》のバチを摑んだ。

隣の部屋を開け放つと、先刻の女二人が、すでに懐刀を抜き放ち、身がまえている。

美和が後退るのと、女の一人がダッと突きかかるのはほとんど同時だった。

美和は身を翻し、伸びきった女の籠手《こて》をぴしゃりとバチで打った。

もう一人が踏みこんで、上段から一文字に斬りかかる。美和がふたたび後方に退いたため、懐刀は虚空を斬った。

敵《かな》わぬとみた女二人は、舌打ちして廊下に駈け去っていった。

だが、美和は追わない。その視線は天井に向かっていた。

美和は、微かな気配に気づいていた。

「ご用心を！」

言い放つなり、美和はいきなり懐刀を引き抜き、天井に向けて放った。

天井板に突き刺さったその懐刀の刃から、血が滴《したた》り落ちてくる。

法心院は、おろおろとうろたえ、美和にしがみついた。

「お気をたしかに」

すると表が俄かに騒めいて、

「炭小屋から火が！」

女たちのたち騒ぐ声が聞こえた。

続いて、庭で争う声がある。

「ここは、危のうございます」

法心院の手を引き雨中に飛び出した美和を、見たことのない女三人が迎えた。

先刻の小女二人を捕らえ、後ろ手に縄を打っている。甲斐望月党の女たちにちがいなかった。

二人の女間者の口に手拭いを押しこみ、舌を噛むのを防いでいた。女たちはいまいましげに首を振り、髪をふり乱している。

と、こちらに向かって駈けてくる女があった。これも、その身のこなしから見て只者とは思えない。

「炭小屋の火、消し止めてございます」

駈け寄ってきた女が、美和に告げた。望月夏である。

と、いきなり法心院が美和の手を振りほどき、駈けだした。

「私は、もう知らぬ。何も知らぬ。かかわりを持たぬ」

狼狽した法心院が、錯乱したように叫んだ。

「お気をたしかに。すべては終わりましてございます」

駈けよって、美和が法心院の両腕をつかんだ。法心院は美和の腕の中で抵抗した。

「我らがお護りいたします。ご老中は、間もなくご到着なされましょう。お気をおたしかに」

「されど……！」

法心院は、しばし譫言《うわごと》のように呟きつづけていたが、

「挫《くじ》けてはなりませぬぞ、法心院さま」

美和がさらに厳しい口調で言うと、法心院はようやく我にかえり、美和の手をしっかり摑んだ。

「もう、大丈夫じゃ……」

法心院は気丈にも言い放った。

五

ほぼ同じ刻限、老中安藤対馬守《つしまのかみ》の行列は、激しい雨の中、矢ノ倉《やのくら》の上屋敷を発ち、小伝馬町《こでんまちょう》から室町《むろまち》へと進み、すでに木挽橋《こびきばし》まで差しかかっていた。

あと四半刻（三十分）ほどで桜田門に達する。

雨足が、激しくなっていた。蓑に身を包み、笠をあげて前方を睨んでいた御土居下衆副長笠原勘兵衛《かさはらかんべえ》は、痺《しび》れを切らし、前にすすみ出て吉十郎の脇に寄った。

「なかなか現れませぬな」

「そのようです」

吉十郎は超然としている。

「よもや、老中のお駕籠を襲う暴挙には及ぶまいが、気は許せませぬ」

「わかっております」

「それにしても……」

勘兵衛は、吉十郎の横顔をあらためて見やった。

「吉十郎殿。そこもとはお若いながら、一刀流の達人と聞きおよびまする。柳生の道場で、門弟どもをしたたかに打ち据えたそうでござるな」

吉十郎はうわの空で勘兵衛の話を聞き流していた。笠も着けずに来たため、雨の滴《しずく》がしきりに目に入る。全身ずぶ濡れである。

「はて、今なんと申されたか」

「柳生の門弟どもをしたたかに打ち据えたと」

「いえ、そのような……」

吉十郎は、苦笑いして勘兵衛を見かえした。

「吉十郎殿、お父上にも申し上げたが、我ら尾張藩としては、幕府の手前、なかなか思うように動けませぬ。いったん事ある時は、お恥ずかしながらお若いそこもとにおすがりするよりない。よろしうお頼み申しまする」

「承知しております」

吉十郎は手短に応えて、また前方をすすむ行列を睨んだ。

勘兵衛は、また面目ないと頭を下げた。

安藤信友の行列は、雨の中をひたひたとすすんでいる。

大坂城代から寺社奉行と幕府中枢を順調に勤めあげ、すでに四十の坂を越えたばかりの安藤ではあるが、まだまだ矍鑠《かくしゃく》として駕籠を使わず馬に跨《また》がっている。

「もはや、幕府の手の者は諦めたか……」

吉十郎が、物足りなそうに呟《つぶや》いた。

「敵は黒鍬者、どのような仕掛けで待ちうけておるやもしれませぬ。いかに腕達者の吉十郎殿とはいえ、気を緩めてはなりませぬぞ」

勘兵衛が吉十郎を小声で諌めたその時、いきなり前方で激しい炸裂音があがった。

どうやら、道を塞いでいた荷駄が炸裂したらしい。

すわっとばかりに、吉十郎と勘兵衛は、行列に向けて駈け寄っていった。

爆発音に怯えて馬が騒ぎだし、安藤が馬上から振り落とされている。

「荷駄に仕込んだ火薬を、爆発させたものであろう」

勘兵衛が、後方の五人の御土居下衆に向けて言った。

前方、行列の供侍が慌てて主の信友を助け起こしたところで、ふたたび炸裂音が起こった。今度は、横道からつっこんで来た大八車の荷駄が続けざまに爆発したのであった。

「痴《し》れ者ッ――」

安藤信友が立ち上がって体勢を立てなおし、険しい眼差しで左右をうかがった。

叩きつける雨に打たれながら、左手の小路から笠を斜めにさしかけた六人の男が、抜きはらった白刃をきらめかせて安藤に迫ってくる。

「何者かッ！」

安藤は、気丈にも脇差しを抜きはらい、駆け寄せる賊に立ち向かった。

供侍も遅れて刀袋を投げ捨て、抜刀する。

「ご登城、ご無用！」

叫ぶや、賊のひとりが踏みこみざま供侍の一人に撃ちこんできた。

「なにっ、たれの命《めい》ぞ！」

ずるずると退がりながら、怯えた安藤が供侍の背後に身を隠した。その時、

「ご助勢つかまつる！」

吉十郎が、若いかん高い声で乱闘する男たちのあいだに割って入った。

だが、左足をぬかるみにとられ、前のめりに滑る。

吉十郎はすぐに体勢を立て直し、ふたたび賊に向かって斬りこんでいった。

激しく数合――。

安藤は、突如現れた若侍と賊の死闘を茫然と見守っている。

多勢に無勢ながら、吉十郎に怯む様子はない。三人の賊を鋭く太刀風を立てて、斬り捨てていく。

後方から飛沫《しぶき》をあげて、笠原勘兵衛と五人の御土居下衆が駈け寄ってきた。

俄かに出現した助勢の者に、賊の足並みが乱れはじめた。

「殿を守れ！」

供侍が口々に叫んだ。賊はやがて一人また一人と倒れ、ついに、いっせいに背を向け、雨中を飛ぶように駈け去っていった。

「そ、そなたらは――」

安藤が、吉十郎と御土居下衆の面々を見まわして訊ねた。

「我らのことは、お構いなされますな。急ぎご登城を。法心院さまがお待ちでございます」

笠原勘兵衛ら御土居下衆の一党が、片膝を立てて一礼すると、

「うむ、されば後は頼んだぞ」

信友は体の隅に残る恐怖を振りはらい、馬上の人となると、

「そちらは、急ぎ傷の手当を」

路傍にうずくまる家臣にそう命ずると、ようやく気を鎮めた馬に、激しく鞭《むち》を当てるのであった。

第六章　秘剣燕がえし

一

小糠雨《こぬかあめ》が、江戸城本丸蓮池堀《はすいけぼり》の松林を濡らしていた。将軍御座所の庭は、一日じゅう降りつづけた雨にすっかり打ちひしがれている。

落ちつかない風情で庭先をながめ、時折吉宗は溜息をついた。

吉宗の頭を悩ませているのは、日々逼迫《ひっぱく》する財政問題であった。幕府の台所事情が、日を追って悪化している。

すでに旗本への俸禄の支払いが滞《とどこお》りはじめており、そのための対策が急務であった。租税の引き上げと新田の開発では、焼け石に水であることは明らかであった。

（やはり、甲州の金がいる……）

吉宗の決意は、もはや揺るぎなかった。

そのためには、反対勢力を押しきっても、甲府藩を転封《てんぽう》してしまわなければならなかった。

だが、窮鼠《きゅうそ》猫を嚙むの例えどおり、甲府藩の抵抗は激しい。自らの出生の秘密を楯《たて》に、柳沢吉里はさらに百万石を要求していた。

形勢は、幕府側に不利といえた。昨日行われた老中会議が、甲府藩主柳沢吉里が申し立てる〈百万石のお墨付き〉を、

——五代将軍綱吉公が、実子のために書き残されたものに相違ない。

と確認してしまったのであった。

「まったく困ったことになったものだ」

吉宗は庭先の雨を見て、憂鬱そうに唸《うな》った。

こうなると、なにかと愛顧を受けた綱吉に、吉宗はそれなりの配慮をしなければならない。さりとて、吉里は反吉宗派の先鋒であるばかりか、そもそものような領地が余分にあるはずもなかった。

そのうえ、腹心の有馬氏倫がこの会議を阻止するため、途方もない暴挙に出てしまった。老中の登城を、力づくで阻止せんとしたのである。

その狂刃を逃れて、老中戸田忠真は、雨中見知らぬ一団に駕籠を担がれて登城し、また安藤信友も憤怒の形相で馬場先門前まで馬を走らせてきたという。

吉宗は、そのためやむなく有馬氏倫を厳しく詰問することさえ余儀なくされていた。

四つ（午後二時）になって、黒鍬者の頭《かしら》平松兵左衛門を引きつれ登城した有馬氏倫は、いつもの調子で吉宗の前に着座すると、

「ご機嫌うるわしゅう存じまする」

愛想笑いを主に向けた。

吉宗は近習を下がらせ、紀州以来の腹心を渋い顔で眺めて、

「氏倫、このようなものが届いておる」

その面前に、天英院からの奉書を投げつけた。

大奥に君臨する先々代将軍の正室天英院は、このところ吉宗の政《まつりごと》になにかと口を挟んでくる。

撥ねのければそれだけのことであるが、将軍位継承時の争いで先々代将軍徳川家宣の偽の遺言を持ち出して吉宗を支えたこの女傑には大きな借りがあり、それ以来吉宗はずっと頭があがらない。

この日も天英院は、御側取次役有馬氏倫の、

——手荒い所業、
がことのほか気に入らぬとて、吉宗のもとに奉書を届けてよこしたのである。

「ふうむ」

吉宗は大きな胸を膨らませて吐息をついた。

「世間では、人の憎がるもの、食いつき犬と有馬氏倫と申すそうな。氏倫、そちはそのこと知っておるのか」

「はて、承知してはおりまするが……、これは性分でござりますれば」

悪びれずにそう言えば、吉宗も苦笑いして氏倫を許さざるをえない。

二十年来、氏倫は主吉宗が怒りを向けた折には、こうして柳に風と難を逃れてきている。吉宗も氏倫も、たがいの表裏を知りつくした切るにも切れない主従関係なのであった。

「天英院様は、こたびの仕儀、逆効果であったと仰せだ」

「そうであったかもしれませぬ。黒鍬者に大事を託したのが失態のもと」

氏倫は、ちらと背後をかえりみて言った。

黒鍬者頭領平松兵左衛門はおそれいって、平伏するばかりである。

「老中どもは、お墨付きを認めてしもうたそうだな」

「ご報告が遅れました」

氏倫は面《おもて》をあげ、吉宗の顔いろをうかがうと、膝を詰め手短かに事件当日のあらましを報告した。

老中会議では、戸田忠真、安藤信友の二人の老中が、いずれの書状の花押も、寸分も違《たが》わず同一のものと断じ、水野忠之はただ一人、

——俄かには真偽の判断つきかねる。

として、処分保留を求めたという。

その間わずかに四半刻（三十分）、審議は慌ただしく決し、吉宗の最終決済を求める書類が、氏倫の手元にまであがっているという。

「はて、いかがいたしましょう——」

「ふむ」

吉宗はふたたび氏倫を見すえ、重く吐息した。

この一件は、最終的には吉宗の裁断にかかっている。いかに老中会議の老骨どもがお墨付きを認定しようと、最後の決裁は吉宗に託される。吉宗が否といえば申し立ては却下され、葬り去られるのである。だが、それだけに吉宗の決断は重い。

「そちは、どう思う」

「ここは、移封も含め慎重なご判断が肝要かと」

「めずらしく弱気なことを申す」

吉宗は背を丸めて控える氏倫を見かえし、苦笑いした。

たしかに、氏倫の言い分にも一理ある。

このところ、吉宗の側近政治に異を唱える勢力が、親藩御一門ばかりか、外様諸藩にまで広がりを見せはじめている。お墨付きが認められた今、甲府藩の申し立てを無視し、移封をあくまで強行すれば、反対派の動きに火に油を注ぐ結果ともなりかねない。

吉宗は、また庭先に目をやった。雨は相変わらず降りやまない。

だが、吉宗は、あらためて甲府藩移封の決断は揺るがしがたいと考えた。お墨付きも、その存在を認めるわけには断じていかない。

(この財政逼迫の折、柳沢の小倅などにくれてやる領地などあろうはずもないわ)

吉宗は心中いまいちど確認すると、

「申し立て、却下いたす」

「ははっ」

氏倫は、うかがうように吉宗を見た。

「無い袖は触れぬ。綱吉公は三代も前の将軍、現将軍はこの余じゃ」

吉宗は少しばかり声を荒らげ、ふっと肩を落とした。

「御意《ぎょい》のままに」

「それより、甲斐の金はいかがいたした。財政事情がきわめて厳しい。兵左衛門これへ」

吉宗は、脇息から身を乗り出して、背後に控える黒鍬者頭領平松兵左衛門を手招きした。

二

兵左衛門は、頭を低くしたままいざるように吉宗の前に膝をすすめた。

吉宗はにやりと笑った。人相容貌、どこか盗賊に似たこの男を吉宗は、

――愛嬌のある面をしておる。

と買っている。卑賤の仕事といっていい黒鍬者の任務を懸命につとめあげ、その頭領にまでのし上がった兵左衛門は、どこか吉宗の経歴と似ていなくもない。

お湯殿の女を母に持ち、四男として部屋住の暮らしの長かった吉宗の卑屈さと共通

するものを持っている、そこに吉宗は共鳴するのかもしれなかった。

「甲斐の件だ。見こみはどうだ」

その後いっこうに報告のない甲斐の金鉱脈について多少苛立ちをまじえて吉宗は訊ねた。

この問題について、吉宗は有馬氏倫に任せきっていたわけではない。そもそも、甲州の金について目をつけたのは吉宗なのである。

地図好きの吉宗は、紅葉山文庫でたまたま一冊の調書と古い絵地図を見つけ出した。先々代将軍徳川家宣が、甲府藩主であった当時、鉱山方を設置し、歳月をかけて探索させ、報告させたものであり、そこには領内の金山の産出量がこと細かく記されていた。

さらにその末尾に、

――未発掘の金がある、
と追記されていたのである。

佐渡の金山が枯渇《こかつ》した今、甲斐から新たな金の鉱脈が発見されれば、幕府の財政はおおいに潤う。吉宗は、こころ秘かにこの〈未発掘の金〉に期待した。

「調べましたるところ、やはり……」

「駄目と申すか」

吉宗は苦い顔をして兵左衛門を見た。

「いずれも鉱脈が枯れてござりました」

「ふうむ」

吉宗はふたたび重い吐息をついた。

「ただ、妙な動きがござります……」

兵左衛門は、火薬に焼けた左の頬をわずかに傾けてみた。吉宗はそれにつられるようにしてふたたび身を乗り出し、その火傷の跡のある顔を見かえした。

「どういうことだ」

「甲府藩の動きが、このところ俄かに急となりましてござります。なにやら、摑んだかにも見うけますする」

氏倫が言葉を添えた。

「摑んだと。金の鉱脈か」

吉宗は驚いて氏倫を見かえした。

「わかりませぬ。地図には載っておりませぬ金山、あるいは……」

「あるいは――」

吉宗は、急《せ》くように問いかえした。

「先にそれがしが会津藩に問いあわせましたる、大久保長安の隠し金かもしれませぬ」

「慶長の大罪人が秘匿した黄金か。なにやら雲をつかむような話じゃな。そのようなもの、余にはとてもあるとも思えぬが……」

吉宗は、目を細めると宙空を睨んだ。現実家の吉宗は、やはり宝探しのような話にはついていけない。

「しかしながら、これを傍証する動きがございます」

「申してみよ」

「なにやら尾張藩の間者が、しきりに甲府藩領内に出没しております」

「継友公か……」

吉宗のほうが、苦々しげに顔を歪め、ぐらりと脇息《きょうそく》に巨体をもたせかけた。

「まこと、妙な動きばかりをなさる」

「上様。尾張藩にだけは、断じて黄金を渡してはなりませぬぞ。幕府に反旗を翻す軍資金ともなりかねませぬ」

「大仰《おおぎょう》なことを申す。とまれ、いまいちど甲府藩の動きを入念に調べあげねばなるまい。いまいちど甲府藩を探れ。こたびは根来《ねごろ》の鉄砲組を連れて行くのだ。増長する尾張の間者どもの肝を冷やしてやれ」

吉宗は、しだいに怒りが込みあげてきたので、拳で乱暴に脇息を叩いた。

「兵左衛門、ぬかりなくはたらけ。よき土産なく江戸に戻ることまかりならぬぞ」

平伏する二人から目を離し、また憂鬱そうに雨の蓮池堀を見やった。

三

五月の興行『義経勲巧記』が無事初日を迎えたその翌日、平八郎は弥七を伴い、黒川金山をめざし甲斐へと旅立った。

幕府の間者《かんじゃ》と見てほぼ間違いのない服部久兵衛が平八郎に接近をはかり、囮《おとり》の絵地図をちらつかせてきた以上、幕府とその反対勢力の争いもそろそろ急を告げようとしている。柳沢吉里からの熱心な招聘《しょうへい》も、ずっと平八郎の頭の隅に残っていた。

——もはや放っておくことはできぬな。

そんな思いから、平八郎はいよいよ多忙を押して現地に向かうことを決めたのであった。

幕府の間者を追い払い、なんとしても大久保長安の埋蔵金を甲府藩の手に委《ゆだ》ねてやらねばならない。

江戸を発つ前、望月党の夏が突然、

——服部家秘蔵の絵地図につきまして、いくつか確かめたきことができましてございます。

と、平八郎に接触をはかってきて、

「虫のよいお願いとは存じますが、しばらく幕府の密偵を引きつけておいてはくださりませせぬか」

と、熱心に平八郎に懇願した。

夏は、甲府藩と連絡を取りながら、道中つねに平八郎の側近くにあって行動を共にするという。

甲府藩としては、できるだけ時間を稼ぎ、その間に各方面からの金山情報を重ねあわせ、大久保長安の隠しとおした新鉱脈、あるいは武田家の埋蔵金の在処《ありか》を突きとめたいらしい。

難しい役目ではあったが、他ならぬ甲府藩の頼みと、平八郎は引き受けることにした。

一方、服部久兵衛を名乗る得体の知れない男は、その後もたびたび接触をはかって来て、しきりに甲斐の現場に連れて行ってほしい、と平八郎に迫った。

夏の頼みもあり、平八郎は久兵衛の望みをかなえて甲斐へ同行させることにした。

旅支度をととのえた平八郎と弥七が、久兵衛と四谷の大木戸前で落ち合ったのは、久兵衛が、ふたたび同行を依頼してきた次の日の昼のことである。

久兵衛は、思いがけなく三人の服部家家士を連れてきていた。それぞれ、杉浦藤兵衛《すぎうらとうべえ》、西尾勘介《にしおかんすけ》、栗山源八《くりやまげんぱち》、

と名乗るが、その名とて疑わしい。

足腰には、なみなみならぬ修行の跡がうかがえた。平八郎は、おそらく幕府の隠密と見ている。

甲州街道は、すでに度々往来している。

五街道のひとつに数えられるこの街道は、江戸日本橋を起点に、

内藤新宿、

高井戸《たかいど》、

布田五ヶ宿《ふだごかしゅく》、

府中《ふちゅう》とすすみ、甲州の国を経て、信州下諏訪《しもすわ》に至る五十三里の道である。

甲州街道は、これより数年前甲州道中と名をあらためており、将軍御用の茶を運ぶ賑やかな御茶壺道中《おちゃつぼどうちゅう》の行列も始まって、この間の街道はさらに活況を見せていた。

小原《おはら》、与瀬《よせ》、吉野《よしの》、岡野《おかの》と、小さな宿場を通り過ぎる頃から、各宿場の間隔がにわかに近接してくる。平八郎と弥七は、幕府の密偵をおびき寄せるべく、これさいわいと街道筋の風景を楽しみながらさらにゆっくりと旅をすすめることにした。

——いま少し、足を速めてはいただけまいか。

先を往く久兵衛が、苛立たしげに近づいてきて苦情を言って戻っていくが、平八郎と弥七は笑みをかえすばかりで、意に介することもない。

旅も三日目、甲州都留《つる》郡の峠道をいくたびか越えると、いよいよ甲府盆地が近づいてきたのか、前方の空が俄かに明るくなった。

緑の濃い山並みが碧々《あおあお》と目にまぶしい。

昨日まではあいにくの曇り空だったが、今日は見事なほどに晴れわたり、目に痛いほどの白雲がむくむくと湧き立っている。

時折、旅人を装った不審な男が四人に接近して去っていくが、その表情はいずれも険しかった。

「おそらく、黒鍬者はいまだに甲府藩の動きを摑めぬのだろうな」

「そのようで」

弥七も面白そうに頷いて、前方を睨みすえる。

「だからこそ、こっちが甲府藩と接触するのをじりじりしながら待っているしかないんでしょう」

「そのようだな」

平八郎は、さらに偽服部の一党を苛立たせてやるつもりである。

起伏に富んだ峠道が続く。

平八郎はまた、陽差しを避けて編笠を被ると、襟元を開けて春風を懐に入れた。

陽差しがさらに高くなってくると、初夏のような陽気で汗ばむほどである。

「平さん、西尾某という野郎が姿を消してかれこれ一刻になりやすが、まだ戻ってきやせん」

なるほど十間ほど先をゆく服部家の偽家士のうち、猫背の小男が姿を消して久しい。

「野糞《のぐそ》でもしてやがるのかと思っていやしたが、それにしてはちょっとばかり長すぎまさァ」

「まあよい。どうせ仲間と連絡を取り合っておるのであろう。せいぜい、大挙してこちらに集まってくるがよい。それが、我らの役目だ」

平八郎は、編笠の端をつまみ、空を見あげた。

頭上高く、鳶《とび》が二羽、孤を描いて舞っている。

「もし、平八郎さま……」

平八郎のすぐ後ろで、聞きおぼえのある女の声があった。

振りかえれば、鳥追笠を目深《まぶか》に被り、草履を履いた望月夏の姿がある。

襟元から緋色の半襟が覗いている。三味を抱えているが、刀身が仕込まれているものと平八郎は見た。棹《さお》が太くやや長い。

夏はスルスルと平八郎に近づいてくると、小さく畳んだ走り書きをすばやく平八郎の掌にねじこみ、また素知らぬふりで遠ざかっていった。

(なにを伝えてきたか……)

中を開いてみると、急ぎ走り書きしたものとみえる乱筆で、

――黒鍬衆が甲斐南部、湯の奥金山、内山金山のあたりから続々と移動を始めております。こちらに合流するかもしれません。

と記されている。さらにまた、

——こちらも作業を急いでおりますゆえ、いましばし敵を引きつけていただきとうございます。

と、夏は記していた。

(はて、まだ埋蔵金は見つかっておらぬようだ)

平八郎は、走り書きを弥七に手渡した。

四

その日の昼過ぎ、一行は街道を右に折れ、大菩薩峠《だいぼさつとうげ》へと向かった。ゆるやかな山路を登って、遥かに黒川山を遠望できる柳沢峠に達したのは、陽が西に傾きかける頃であった。

(ほう……)

平八郎は、夕陽を受けて燃えるように紅い黒川山を見あげた。

どこかいびつな姿のこの山は、戦国初期にはすでに甲州金の産地として知られ、往時には山中に大きな鉱山町が出現したという。

このあたりのことは、出発前、吉十郎が買い求めてきた絵地図と慶長年間の古書で平八郎は頭に入れてきている。この黒川山の向こうに、花魁淵《おいらんぶち》という渓谷があることも、その書物は記していた。

その昔、圧倒的な数の織田勢に追いつめられた武田勝頼《かつより》が、丹波川の崖際に桟敷《さじき》をつくって遊女を集め、酒宴を張って、その桟敷ごと激流に落としたという。

金山の所在を封印するためである。

その話を弥七に語って聞かせると、

「よほど、その金鉱の在処《ありか》を織田方に知られたくなかったんでしょう。大久保長安は武田家の旧臣でした。そうした話を聞くと、やっぱり長安は埋蔵金の在処を知っていたんじゃねえかと思えるんで」

弥七が、前をゆく久兵衛らの背をちらっとうかがいながら言った。

夏からの連絡はまだない。

夏の言っていた、

——藩の作業、
がいまだ続いているのかもしれなかった。平八郎は軽い焦燥感をおぼえた。埋蔵金を発掘中の現場に幕府の密偵を連れていくことにもなりかねない。

「いささか早く着きすぎてしまったか……」

「しかたありませんや。とにかく先にすすみましょう」

「うむ」

弥七と目くばせして、平八郎はまた歩きだした。今さら元に戻るわけにもいかない。大沼沢《おおぬまざわ》という集落を過ぎれば、山路は俄かに険しくなる。そのうえ、夕闇が迫って山路はいちだんと暗かった。

偽服部の面々は、やはり忍びらしく山歩きとなると俄然足どりが軽くなっている。

「奴ら、やっぱり幕府の密偵でさ」

弥七が、確信のある口ぶりでいった。

「おぬしら。絵地図にあった黒川千軒とは、どのあたりであろうな」

平八郎が、前をゆく服部久兵衛に並びかけて問うた。

「さあて、それが我らにもさっぱりわからぬのでござるよ」

久兵衛が、苦笑するばかりである。これは、どうやら嘘とも思えない。

「陽もそろそろ沈みまさァ。野宿なんて芸がありやせん。どこかで宿を借りられたらいいんだが」

あちこちに目を配っていた弥七が、ようやく峠を超えた前方の山の中腹に一軒の百姓家を見つけた。

山中ながら、岩場にへばりつくようにして建てられたその農家は、人里離れた山里の中にしては、なかなかの棟構えである。

「あの家の納屋にでも、寝かせてもらいたいものだ」

服部久兵衛も、弥七を見かえして言った。

庭にまわれば、鶏が数羽餌をついばんでいた。家の周囲を見わたせば、山を開いた狭い土地で桑畑を営んでいる。

と、六十がらみの老婆が背後から現れ、六人を見つけると驚いて、

「どこから来なさった」

と問いかけた。

「婆さん、旅の途中なんだが、一晩泊めちゃァもらえねえか。むろん、礼はたっぷりさせてもらうが……」

と、弥七が腰を屈めて頼むと、

「ええよ。泊まっていきなせえ」

老婆は、意外なほど愛想よく承諾してくれた。

「それと、ずっと歩きづめだったんで腹が減っている。あの鶏なんだが、分けちゃもらえねえかい」

弥七が、また腰をかがめて遠慮がちに訊くと、

「礼をはずんでくれるならいいサ」

老婆は、笑いながら鷹揚な口ぶりで応じた。

平八郎は、懐中から二分金を取り出し、一宿一飯の宿代と鶏の代金に代えると、

「こんなに貰ってすまねえな」

老婆は、そう言いながら嬉しそうに懐に収めた。

その家の住人は、この老婆の他に七十がらみの老人が一人いるだけで、七人の子供はみな里に下りてしまったという。旧家は蚕《かいこ》を飼っているせいか天井が低いが、部屋は広く寝泊まりするところはじゅうぶんにあった。

老爺は、養蚕のかたわら近くの渓流で砂金を採り貯めて、里に売りに行くという。土間には、昔からの鉄鍋や土器、石鉢等、金の採取に必要なものが転がっていた。

絞めた鶏は、囲炉裏の鉄鍋で料理することになった。

鶏鍋をつつきながら、六人がいろり端で円陣を組み、翌日の予定を語りあうこととなった。

「そも、鶏冠山の場所がわからぬ。黒川山とは別の山なのかの」

久兵衛が、いらだたしげに弥七に問いかけた。

「さあて」

弥七にもわからない。漬け物を運んできた婆さんにそのことを尋ねると、

「はま、鶏冠山は黒川山と一緒だ。どこに行きなさる」

「黒川千軒に行ってみたい」

弥七が応えた。

「[illegible]な人たちだ。金を拾いにきたんだろうが、あそこはすっかり寂れてしもうたよ」

平八郎が訊ねると、

「黒川千軒というところは、昔は賑わっていたのかね」

「おうさ」

老婆によれば、三代前の慶長年間には、大久保長安の下、大勢の金山衆《かなやましゅう》で賑わい、金の歳出量は佐渡金山に匹敵するほどだったという。

「どのあたりだ」

久兵衛が、剣呑《けんのん》な口調で訊いた。

「ここから三里ほどのところだ。だが、途中深い谷間を通らなけりゃならねえ、蝮《まむし》や蝦蟇《がま》がうじょうじょいるところだ。近在の者は近づきたがらねえ」

平八郎と弥七が、顔を見合わせて嫌な顔をした。会津で十年近く暮らした平八郎だ

が、蝮だけは苦手である。

「足袋《たび》もはかず素足を晒していると、あっという間に咬まれる。咬まれたらもうしまいだ」

婆さんが、平八郎を見てからかうように言った。

「ところで、甲府藩とは連絡がとれているんでござろうな」

念を押すように、久兵衛が低声《こごえ》で平八郎に訊ねた。

久兵衛の提示した条件は、甲府藩と服部家の双方が情報を持ち寄って大久保長安の埋蔵金を捜し出し、その一部を謝礼として服部家が受けとるというものであった。

「むろんだ。さる昵懇の甲府藩士に絵地図は手渡してある。現地では、藩士の方が我らを迎えてくれるはずだ」

平八郎は鍋をつつきながら、顔も見ずに応えた。

それは、偽りではない。出発前、甲府藩の役人が金山師を連れて現地入りし、すでに調査[illegible]ていると夏も言っていた。だが夏によれば、いま少し時間がほしいらしい[illegible]

こ[illegible]いて、今度は杉浦藤兵衛という上背のある青白い面体の男が、すっと厠に立[illegible]連絡を取りにいったのであろう。平八郎は弥七と顔を見合わせ、にやりと笑ってまた鍋をつついた。

五

夜更けて、平八郎は風の音にふと目を覚ました。

谷から吹きあげてくる風が、農家の周辺の杉林を騒がせている。家の裏手、農耕具を詰めこんだ小屋の木戸が軋んだ音を立てていた。

平八郎の額に、ひやりとするものがあった。

水ではない。梅の香がした。天井を見上げると、細い糸が垂れていて、その糸の先から、梅の香のする夜露のようなものが落下してくるのであった。

平八郎はにやりと笑った。夏である。

平八郎は、会津兼定二尺三寸を左手に握りしめ、ふらりと外に出た。

外は漆黒《しっこく》の闇で、夜空は一面の銀河である。平八郎はこれほど間近に星々を見上げたのは久しぶりであった。

その暗い大地のどこかで、気配がある。

「何者か――」

平八郎は小声で問いかけ、闇の奥をうかがった。

星明りの下、杉林の奥で微かに白く蠢くものがある。

「私でございます」

夏の声があった。平八郎は、声のあったあたりに歩み寄った。

「夏どの、連絡を待っていたぞ」

「お声が高うございます。あの者らは伊賀者、常人の耳ではございませぬ」

微かに聞こえるほどの低声で、夏は言った。

「さようであったな」

平八郎は後ろ首を撫で、声を落とした。

「ご安心なされませ。これまでのところ、滞りなくすすんでおります」

「探していたものは見つかったのか」

「はい」

夏は、それだけ言って黙りこんだ。

「されば、明日にも黒川千軒に向かうが、よいのだな」

「お待ちしております」

谷から吹きあげる風が、乾いた音を立てていちだんと激しい。遠くで烏が数羽、荒々しく啼《な》きはじめた。

「気づかれてはなりませぬ。お伝えすることはこれまで。それでは明日、黒川千軒にて」

それだけ言って、夏の声が俄かに途切れた。前方の森のあたり、微かな白い影が闇に溶けるように消えていった。


翌朝、老夫婦に篤く礼を述べ、農家を後にした平八郎ら一行は、蝮と蝦蟇の谷を迂回して、ひとつ先の峠を越え、黒川山に向かった。

黒川渓谷沿いに、杣路《そまみち》をすすむ。

大岩が谷を塞ぎ、這うように延びた木の根が行く手を阻む。十間すすむごとに、蜘蛛の巣が絡みついてくる。

昼になると、婆さんの用意してくれた握り飯で空腹を満たした。

山中深く分け入ってみれば、あちこちの岩肌に黄色に煌《きら》めくものが見える。

「これが、金山草《きんざんそう》というものではないか」

久兵衛が、黒光りする岩肌のあいだから生えているオニシダを見つけて声をあげた。

「どうやら、金山が近いようだな」

偽服部の一団は、黒川金山に一歩また一歩と近づいていることを知って浮き足立ち、心なしか声もうわずっている。

汗ばむほどの陽気であった。咽が乾くのだろう、四人はたびたび岩清水をすくって飲んだ。さらに一刻ほどすすむと、

「平さん、こんなところに……」

弥七が見つけたのは、土器の欠片《かけら》であった。

鉛らしきものが内側にこびりついている。このあたりで、鉛をともなう金の生成が行われていたらしい。

金の採掘は灰吹法《はいふきほう》という抽出法が用いられることを平八郎も素人なりに理解しているが、土器の欠片の中には、わずかな灰も見あたらなかった。

「武田家はやはり、独自の採掘技法を持っていたのかもしれませんぜ」

「どうも、そのようだな」

弥七を見かえし、平八郎はうなずいた。

さらに四半刻すすむと、ようやく眼前に狭い台地が広がった。

「これは……」

平八郎は、思わず絶句した。

滑らかな階段状の石組みが、山の斜面に幾層も重なりあっていた。

石組みの各段には、うち捨てられたかわらけなどが方々に散見された。六人は石組み近くまで歩み寄り、うち捨てられた品々を拾いあげてみた。

土砂を被った鉄鍋、古銭、キセル、櫛、鋏など、生活道具が百年の歳月を経て甦《よみがえ》っている。

「往時の様が偲ばれるな」

平八郎が、錆びた鋏を拾いあげて言った。

「おや」

ふと顔をあげた弥七が、そこからほんの半丁ほど先、前方の切り立った岩場に口を開けた坑道に目を止めた。坑口は、木や鉄の柵で囲われている。

平八郎と弥七は、急ぎ坑口まで駈け寄った。偽服部の四人も、すわっとばかりに駈け寄ってくる。

「ここが埋蔵場所であったか……」

興奮を抑えて、久兵衛が平八郎を見かえした。

「いや、そうではなかろう。ここはほれ、このように封鎖されている。おそらく、掘り尽くした坑道跡ではなかろうか」

「されば何処に――」

久兵衛が苛立たしげにあたりを見まわすと、彼方《かなた》の林が俄かにざわめいた。茶の羽織に野袴姿の武士が、竹の鞭で下生えを荒々しく払いながらこちらにやって来る。

羽織の柳沢花菱の紋所から見て、甲府藩士らしい。大小とも実戦向きの大ぶりのこしらえで、足腰には修行の跡がありありと残り、腕はそうとうに立ちそうである。

「豊島平八郎殿は、どなたでござろうか」

武士は、険しい眼差しで一同を見まわした。

「それがしだが――」

「お初にお目にかかります。甲府藩士猪口帯刀《いぐちたてわき》と申しまする。白井様より、話は承ってござる。こたびは、遠路このような山中までお越しいただき、まことにかたじけのうござる」

「よしなにお願いいたす」

平八郎が一礼すると、猪口はちらと四人の偽服部を一瞥し、

「して、越後高田藩の方々は？」

「こちらの四方でござる」

平八郎は、久兵衛ら偽服部の面々を順次猪口帯刀に紹介した。

猪口は鋭い双眸を光らせ、男たちの面体を冷やかにあらためると、

「ここは、すでに廃坑となってござる。新たな坑道を発見いたした。これからご案内いたす」

平八郎らを励ますように言った。

「まことか！」

偽服部の面々も、破顔して頷きあった。

「されば、御案内いただきたい」

平八郎が促すと、

「こちらでござる」

甲府藩士は、六人を先導して、鬱蒼《うっそう》とした下生えを踏みしめ、西に向かってすすんだ。

急な山路を上り下りし、四半刻（三十分）ほど経て、一行は渓流沿いの小さな平地に足を踏み入れると、猪口帯刀は、足を休めた。

鬱蒼と雑草が生い茂っている。見渡せば、谷間に開けた小さな草原であった。

谷を伝う沢風がすがすがしい。どこからか岩を打つ水しぶきの音が聞こえてきた。

「このあたりが、世に言う花魁淵でござる」

猪口は、鞭でくるりとあたりを指し示した。

「これより、さらに西にまいる」

猪口帯刀は、ふたたび六人を先導した。

七人はさらに四半刻、黙々と山野を跋渉《ばっしょう》した。

上空を、しきりに鳶が旋回している。下生えが密集した一帯を抜け、大蛇のように太い木の根をまたいで行くと、やがて明るい陽差しの差す平地に辿り着いた。

「ご一同、あれをご覧あれ」

猪口が、鞭の先で前方の岩場を指し示した。

切り立った岩の麓は半ば木々に埋もれていたが、その一部が伐り払われ、新しい坑道が口を開けていた。

「このあたりは、我が藩としても幾度か探索したのでござるが……、あのように土砂に埋もれ、目に触れることができませなんだ」

猪口は感慨深げに言った。

「これは、明らかに意図的に封印されたもののようだな」

偽服部の一人猫背の西尾勘介が、そう言って仲間と頷きあった。

「して、内部はすでにご確認なされたか」

久兵衛が、うかがうように猪口を見た。

「ここ数日来、作業をすすめております。今も鉱山師が坑内に入っております」

「ほほう」

偽服部四人が、また破顔して頷きあった。

「して、鉱脈はござったのであろうの。それとも、なにか埋蔵金のようなものでも」

「そのことでござるが……」

猪口は、俄かに渋顔をつくると、

「おのおの方に、ご報告せねばならぬことがござる」

そう言って、いちど面を伏せると、坑口に向かって大きな声で甲斐の衆、と叫んだ。

甲斐は姓であった。

猪口によれば、武田家の鉱山師は主家の滅亡後諸国に散っていったが、甲斐の山をなつかしんでか、みな甲斐の姓を名乗っているのだという。

やがて、背の丸い初老の鉱山師が坑口から姿を現した。

「この者、甲斐六蔵《ろくぞう》と申しまする」

猪口が白髪の混じる老鉱山師を紹介すると、男は腰を屈めて頭を下げた。

後から現れた二人の鉱山師も、むろん甲斐を名乗る甲斐辰吉《たつきち》という。

「して、いかがであった」

猪口が、甲斐辰吉に問いかけた。

「鉱脈らしいものは、いまだに……」

「見あたらぬ、と申すか」

久兵衛が、顔を歪め、肩を落とした。

「して、大久保長安の埋蔵金は――?」

「たしかにそれらしきものがごぜえましたが……」

ややや背の曲がった老鉱山師の甲斐六蔵が、流れ落ちる汗をしきりに手ぬぐいで拭きながら、久兵衛に腰を屈めた。

「それらしきものとは、どういうことだ?」

久兵衛が六蔵に詰め寄った。

「壺でごぜえますよ」

「壺……? その中に金はなかったのか!」

久兵衛が、六蔵の両腕を摑んでさらに迫った。

六蔵はよろけながら久兵衛の腕を振りほどいて後退った。

「なぜか、壺の中は岩ばかりでごぜえました」

猪口の後に隠れた六蔵が言った。

「なにゆえ壺の中に岩が……。すり替えられていたとでも申すのか」

「それは考えられる」

猪口が、甲斐六蔵に代わって言った。

「だが坑口は、塞がっていたのではないか。どうしてすり替えることができたのだ！」

久兵衛は、もう一人後から現れた鉱山師に食いさがった。

「まったく、我らにもとんと合点《がてん》がいかぬ」

猪口が諦めたように、久兵衛から顔を背けて言った。

「その壺、ぜひとも確認したい。よいであろうな」

久兵衛が、猪口に迫った。

「むろんのこと――」

久兵衛に促され、猪口は顎をしゃくって、三人の鉱山師に壺を運んでくるよう命じた。

やがて、三人が別の甲府藩士三人を伴って坑口から現れた。それぞれ一つずつ壺を抱えている。

いずれも若い。だが、屈強な者ばかりを選りすぐったらしく、四人の密偵を圧倒する体軀の持ち主である。

「中に、まだこれと同じ物がいくつもござる」

坑道から現れた若い藩士は、鉱山師が運んできた壺を久兵衛らの前に置くよう指示をした。

「されば、検分させていただく」

久兵衛が甲府藩士をぐるりと見わたして言った。

「ご覧あれ」

猪口は、あらためて三人の鉱山師に壺の蓋を開けるよう命じた。

久兵衛ら四人の偽服部が、額を寄せて壺の中を覗きこみ、

「おっ！」

と声をあげた。

どの壺も、目に飛びこんでくるのは荒々しい岩塊ばかりである。四人の密偵は失意を抑えて顔を見合わせた。

「納得いただけたか」

猪口帯刀が、久兵衛らをうかがった。

「どうも納得がいかぬ。つまりは、盗掘されていたということか。だが、誰が盗んだというのか」

三人は立ちあがって、帯刀ら四人の甲府藩士に詰め寄った。

「坑口が塞がれていたということは、すり替えられたのは、せいぜいここ数日ということになろう」

久兵衛が、さらに声を荒らげた。

「そうでござるな、猪口殿――」

「…………」

険悪な形相で睨み合う男たちを、平八郎が慌てて割った。

「久兵衛殿、そなたらの正体はすでに知れておる。このままお帰りなされ。この甲斐の金はそなたらのものではない」

平八郎が諌めるように言うと、

「我らの金ではないとは、いかなること。さては、謀《はか》ったか！」

久兵衛と偽服部三人が、怒声とともに刀の柄に手をかけた。四人の甲府藩士が、それに呼応していっせいに鯉口を切った。

六

「火縄の匂いだ！」

弥七が、微かなきな臭い匂いに気づいて叫んだ。

平八郎と弥七は、とっさに身を伏せた。

一斉に鉄砲が唸りをあげ、甲府藩士、鉱山師、偽服部の諜者四人が次々に地に崩れていった。

「あそこでさァ！」

弥七が、首だけあげて前方を指さした。紫煙の向こう側、次の弾玉ごめに入っている陣笠姿の鉄砲隊を守るようにして、兜巾鈴懸《ときんすずかけ》の山伏装束の一団が、灌木の茂みから一斉に立ちあがり、こちらに向かってくるのが目に入った。手に手に錫杖《しゃくじょう》に仕こんだ直刀を抜き払い、握りしめている。

「奴らは伊賀同心でさァ。黒鍬者に加わったと聞いていたが、やっぱり」

弥七は苦汁に顔を歪めて叫んだ。

どうやら、弥七の顔見知りも混じっているらしい。

「ご覧なせえ」

突進して来る山伏の後方で、宗十郎頭巾に面体を隠した旅の武士が、冷やかにこちらを眺めている。

「あれは」

「たぶん黒鍬者を束ねる頭目の平松兵左衛門でしょう」

「あ奴が」

駈け寄ってくる黒鍬者の先頭に立つのは、平八郎も見覚えのある男であった。甲斐の渓谷で、平八郎と死闘を演じた黒鍬者組頭奥山伝七郎である。

山伏装束に身を固め、手に無数の鉄鋲を打ちこんだ六角棒を握りしめている。

「奴らは私が引き受けるとしよう。弥七さんは、弾ごめをしているあの鉄砲隊の奴らを追い払ってくれ」

「それじゃァ、平さんが」

「なに、あ奴らは、私一人でじゅうぶんだ」

叫ぶや、平八郎は会津兼定を左手に取り、もう真一文字に駈けだした。

多勢に無勢、こうした場合は、受けに出ていては不利となる、抑え撃ち、動きまわるよりない。

「目潰《めつぶ》し！」

奥山伝七郎が、真紅な顔をして配下の男たちに命じている。

だが、平八郎は眼中無人の野をゆくようにひたすら駈けた。

数十の目潰しがいっせいに投げつけられたが、平八郎はひらひらとかわしていく。

山伏は、平八郎の勢いに気圧《けお》されて立ち止まり、じりじりと後方へさがった。

平八郎は、伝七郎の前で立ちどまり、

「久しぶりだな」

愛刀を肩に乗せ、にやりと笑った。

「こんどは容赦せぬ」

伝七郎は、六角棒を頭上でブンと旋回させると、平八郎に向かって身がまえた。配下の黒鍬者は、蜘蛛のように身を伏せ、平八郎ににじり寄るが、その剣を恐れて撃ちこんでこない。

「斬れッ！」

左右をうかがって、伝七郎が苛立たしげに叫んだ。

黒鍬者はおそるおそる前に出た。

「それでは、おれは斬れぬ」

平八郎はそのままスルスルと前にすすむと、刃を合わすことなく左旋右転し、片手斬りに斬り捨てていった。まるで演舞のような鮮やかな剣捌きである。

深業をするより、肉を薄く裂いて、恐怖心を呼び起こしている。右手が利かないこの場合、やむにやまれぬ戦法であった。

「もういいだろう。命あってのものだねだ」

ぐるりと一党をねめまわして、平八郎が言った。

悔しいのだろう、残った男たちも皆前には出るが、なかなか踏みこめない。

平八郎は、ふと左手に重い痺れを感じ、握りしめた愛刀を見た。

左手斬りのため撃ちこみが浅く、会津兼定が刃こぼれを起こしている。

平八郎は、弥七の行方を追った。

鉄砲隊は、急迫する弥七に弾ごめの余裕を失い、やむなく抜刀して迎え撃ったが、やはり刀の扱いは元伊賀同心の弥七に分《ぶ》がある。数人が逆手《さかてぎ》斬りに倒され、数人が背を向けて逃げ去っていった。

（なかなかやりおる……）

平八郎は、目を細めて頷いた。

「ええい、斬れい！」

奥山伝七郎が、さらに怒声を張りあげた。

と、踏みとどまった数人の鉄砲隊が、いきなりバタバタと地に崩れていった。背後から飛来した手裏剣をまともに喰らっていた。

ブナ林から、柿色の忍び装束の女が二十名ほど、錫杖から細身の仕込み刀を抜き払い、残った鉄砲隊の男たちに一斉に襲いかかっていく。

谷間の小さな平原のあちこちで血煙があがり、黒鍬者、鉄砲隊、望月党が、入り乱れての戦いとなっていた。

平八郎はそれを横目に見て、奥山伝七郎に一歩迫った。

「黒鍬者はその昔、砦を築き、橋を渡す工兵集団であったと聞くが、今は他国の領内に侵入して金を盗む盗賊と成り果てたか」

「黙れ、豊島平八郎。我らは公儀の命《めい》により動いておる。乱を招く企てには、命を賭して阻止するがお役目。甲府藩には明らかな謀叛の兆《きざ》しがある」

「笑止千万。御公儀はいつから他国の鉱山を調べまわる権利をもつようになった。まして鉄砲を撃ちかけた標的には、味方もおった」

「はて、あ奴らが公儀の者とは初耳だ」

伝七郎は、平八郎の構えをうかがった。左手に剣をとり、右手を力なく添えている。

「うぬ、手傷を負うておるな」

伝七郎がにやりと笑った。

「それでは、わしは斬れまい」

伝七郎が山伏装束の下に鎖帷子を着けているのは承知している。

「斬れるか、斬れぬかはやってみねばわからぬ」

平八郎はさらに一歩踏み出すと、伝七郎は、ザッと後方に跳びさがり、五間の間合いをとると、七尺余りの六角棒を頭上に押しあげた。

六角棒には無数の鉄鋲が打ちこんである。伝七郎は、そのまま凄まじい膂力《りょりょく》でブルンブルンと旋回させた。

平八郎は、会津兼定を下段に移し、ゆっくりと奥山伝七郎に歩み寄った。

まともに一撃を受ければ、むろん片手では支えきれず、弾き落とされよう。

重い風圧が、平八郎の顔面を過《よぎ》っていった。

相互の間合いは、わずかに三間――。

伝七郎はそのまま一気に追い迫るや、六角棒を上段から平八郎に叩きつけた。

大地が抉《えぐ》られ、弾け飛ぶ。

平八郎は、ふたたび一間、二間と飛びしりぞいた。

伝七郎は、なおも踏みこみ踏みこみして、平八郎を追いつめていく。

後方に岩塊があり、平八郎はそこで足をとられてぐらりと揺れた。

伝七郎がそれを見逃さず、すかさず踏みこんだ。

だがそのとき、平八郎は素早く前へ踏み出していた。

体《たい》が入れ替わり、平八郎はするりと伝七郎の背後に廻りこんでいる。

伝七郎は、一瞬平八郎の行方を見失っていたかに見えた。

振りかえった伝七郎は、ようやく平八郎を見出したか、

どあっ！


ふたたび上段から、叩きつけるように六角棒を振り下ろした。

だが、平八郎は一瞬早く大地を蹴っていた。

宙空で体《たい》を開き、左手の剣で伝七郎の頭部を叩きつけていた。

平八郎が着地したとき、伝七郎はそのまま倒木のように後方に崩れていった。

「片手でも、うぬの額くらいは割れる」

息の絶えた伝七郎を見おろし、平八郎はうそぶくように言った。

黒鍬者を追いつめていた望月党の夏が、平八郎と伝七郎の死闘を見とどけ、

「去れ！」

とどめを刺すように叫んだ。

「去れ、と言うたぞ」

夏がさらに詰め寄ると、山伏の一群は憎悪の眼差しを夏らに向けながら後退り、いまいちど平八郎を見かえすと、蜘蛛の子を散らすように森の奥へと逃げ去っていった。

木陰でずっと闘いを見守っていた頭巾姿の武士も、気がつけばいつの間にか姿を消している。

七

「いやァ、思い出しただけでも、腕に激痛が走るような気がします」

平八郎が、苦笑いして右腕を抑えた。

黒川金山での、諸勢力入り乱れての死闘から十日が経っている。太田宗庵特製の金瘡の薬が効いたのか、腕の痛みはかなりとれたが、まだ両手で木刀を握れるほどには平八郎の右腕は回復していなかった。

そんなある日のこと、中村座からほど近い芝居茶屋〈泉屋〉で、平八郎らの命懸けのはたらきに報いるべく、甲府藩が皆を招いてささやかな酒宴を催した。

宴席には、この日の主賓である豊島平八郎と弥七の他、勝田玄哲、太田宗庵、佳代の姿があった。主催者側の甲府藩からは、白井清兵衛と望月夏があらたまった装いで列席している。

ずらりと並んだ料理は、芝居茶屋でも二階桟敷席の上客に出される逸品ばかりで、皆しばし寡黙になって箸を使った。

集まったそれぞれの顔が明るいのは、舌つづみを打つ料理の美味さのせいばかりではない。幕府の手から甲府藩を守りぬいた確かな手ごたえが、一同の腹中《ふくちゅう》にしっかりと宿っているからであった。

酒宴もたけなわとなり、平八郎と弥七がほろ酔い気分で困難だった甲斐路の旅を回顧していると、

「じつは、我が殿より……」

清兵衛があらためて居住まいを正し、懐中から藩主柳沢吉里自身の筆になる目録を取り出し、

「これまで我が藩のためにご尽力いただいた皆々様に、我が藩から些少ながらお礼を用意させていただきました」

清兵衛らしい生《き》まじめそうな口ぶりでそう言い、深々と一礼した。

「はて、礼とはどういうことでござる？」

平八郎が、弥七と意外そうに顔を見合わせた。

平八郎も弥七も、むろん謝礼欲しさに動いたわけではない。現将軍徳川吉宗とその側近による暴挙に反発し、黒羽二重の一件で迷惑をかけた甲府藩への返礼のつもりで奮闘したのであった。

「そのようなお気づかい、ご無用に願いたい」

平八郎は手を上げて清兵衛を制したが、

「それでは、我が主の面目が立ちませせぬゆえ」

清兵衛は顔を強張《こわば》らせ、一歩も退くようすはない。

言い争うのも面倒と、平八郎は玄哲に向き直り、

「されば、謹んで頂戴いたす。そっくり勝田玄哲殿にお預けして、今後の闘争の資金といたそう。どうかな、弥七さん」

「あっしはいっこうにかまいませんが……」

弥七も、苦笑いしている。

「そう申されては困ります。こたび発掘した武田家の埋蔵金は、豊島殿と弥七殿のご尽力と、ご列席の皆々様のご協力なくば、とても入手が困難であったもの。当然の

報酬でござる。なんの遠慮も必要ござらぬ」

にやにや笑って両者の話を聞いていた玄哲が、

「その埋蔵金でござるがの……」

うかがうように清兵衛に顔を近づけ、

「いかほどでござった？」

興味津々《しんしん》といった態《てい》で問いかけた。

「ざっと、五十万両ほどでござった」

ちらと玄哲を一瞥し、清兵衛が固い表情で応えた。

「五十万両！」

皆いっせいに目を丸くして、顔を見合わせた。

「そのような大金、想像もつかぬな」

太田宗庵が、あきれかえったように長い顎鬚を撫でた。

「しかし、それだけの金、あの折どのように運び出されたのです？」

平八郎が、ずっと疑念となっていたことを清兵衛に訊ねた。

「じつはな……」

清兵衛のつぶさに語るところによれば、武田家の隠し金は平八郎らが坑口に辿り着く前、すでに甲府藩が雇い入れた鉱山夫によって発掘し終えており、五十万両の碁石金は、人足によって山から担ぎ下ろされ、甲府まで持ち帰っていたという。

「あの折、豊島殿に、前もって子細をお伝えできなかったこと、まことにこの場をお借りし、深くお詫びいたす」

白井清兵衛は、あらためて居住まいを正し、頭を下げた。

「この夏からも、どうぞご容赦くださいませ」

夏も盃を置き、膝を整え頭を下げた。死んだ四人の偽服部に気取られぬよう、細心の配慮をしたのだという。

「夏どのから、事情はうかがっておりました。あの折のことゆえ、いたしかたござるまい」

平八郎は、しきりに恐縮がる清兵衛と夏を見かねて手をあげた。

「それにしても、五十万両とは微妙な額ではあるの。天下を覆すほどの大金ではない」

玄哲が、ふと真顔になって盃を休めた。

「また、勇ましいことを申される」

平八郎が、玄哲を諫めると、

「まこと、甲府藩はご公儀と一戦まじえる気はさらさらござりませぬぞ」

清兵衛も玄哲を見て、あらためて釘を刺してから、

「このうち、二十万両を藩をあげてご尽力いただいた尾張藩にお受けいただいた。あらためて殿からの気持ちでござる。皆様方には一千両をお受けとりいただきたい」

「一千両……！」

一同が、息を呑んで顔を見合わせた。

「豊島殿、いまいちど念を押すが、まことに勝田殿にお分けいただいてよろしいのか」

「むろんのこと。それがし、それほどの大金、考えただけでも頭が痛うなります。玄哲殿、よしなに」

平八郎は、大袈裟に頭をかかえて玄哲を促した。

「だが、わしはそのようなことを差配する立場にないぞ」

「よいのです。御仏の心にてお配りくだされ」

「妙な冗談を言う」

玄哲は苦笑いすると、しばし考えていたが、

「金は、人を欲の亡者とする。だが、生きてゆくためには、欠くべからざるもの。け

っして疎《おろそ》かにはできぬ」

そう前置きして、

「されば、こうしたことの苦手な平八郎に代わって、このわしが配分を決めるといたす。よろしいかな」

玄哲がぐるりと一同を見まわすと、

「御仏のお心でお願いしますよ」

佳代が冗談めいた口調で言った。

「むろんのこと。会津の井深師範、白井五郎太夫殿にもお礼をせねばならぬ」

玄哲が神妙になって言った。

「おお、忘れるところであった。豊島殿には我が殿からの伝言がござる。こたびのご尽力、言葉を尽くせぬほど、有り難く思うておるとのことでござった。いずれまた、上屋敷にて御礼申しあげたいとのことでござった」

「これはもったいないお言葉」

平八郎は、謹んで吉里の言葉を受けとめた。

「とまれ、きれいに片がついたの」

玄哲も、嬉しそうに膝を打った。

「それにしても……」

ふと、憂鬱そうに宗庵が呟いた。

「こたびは、方々で憎しみの因果が生まれてしもうた。右近はもとより、月光院様に対しても、これよりはなにかと風当たりが強まろう」

「覚悟はしておる」

玄哲も重い口ぶりで言った。

「こたびの一件で、幕閣内でも吉宗派と反吉宗派の旗色《きしょく》がいっそう鮮明になっておる。対立は、いっそう激化していくにちがいあるまい」

「うむ」

太田宗庵も、険しい表情で玄哲を見かえし、薄い顎鬚を繰りかえし撫でた。

「そういえば、あの〈百万石のお墨付き〉ですが……」

平八郎が、気になりつつも遠慮をしていたことを夏に訊ねた。

「どのような決着を見たのでござるか」

「残念ながら、申し立ては却下されたそうにございます」

夏は固い表情でそう言い、俯《うつむ》いた。

「それは……」

一同、返す言葉もない。花の宴の夜の柳沢吉里の憂い顔が、平八郎の脳裏を過《よぎ》った。

「しかしながら、まだまだ諦めてはおりませぬぞ。ひとまずこたびの埋蔵金にて、逼迫する当藩の財政はだいぶ改善いたしました。善政を敷き、領民の支持を幕閣に伝えていこうと存ずる」

清兵衛が精いっぱい気負ってそう言うと、皆揃って頷いた。

闘いは、それからも続こう。平八郎の憂いは、むしろ玄哲と尾張藩の暴走にあった。

――将軍吉宗を隠居に追いこめばそれでよい。

平八郎の願いはただそれだけであるが、玄哲と尾張藩は、そんなものではとても気が済むまい。いずれも、藩主や肉親を闇に葬られているのである。恨みは、平八郎などよりはるかに深い。

八

藩主柳生俊方の伝言をたずさえ、柳生家郎党田所十三郎《たどころじゅうざぶろう》を名乗る男が利兵衛長屋を訪ねてきたのは、中村座五月の演目『義経勲巧記』が無事初日を迎えて、三日ほど後のことであった。

平八郎と吉十郎、美和の三人が、久しぶりに揃って遅い夕餉を終え、研《と》ぎに出していた平八郎の会津兼定を検分していると、

――ご免。豊島平八郎殿はご在宅か。

と腰高障子の外から猛々《たけだけ》しく誰何《すいか》する。

土間まで招き入れると、厳《いかめ》しそうな面体のその郎党は、顔を強張らせる吉十郎と美和を尻目に、冷やかともいえるほど冷静に藩主柳生俊方からの口上《こうじょう》を伝えた。

「我が主は、これまで門弟どもの御当家の皆様への乱暴狼藉をつゆ知らず、いたく恥じ入っておられます。試合中の事故を恨みに思うのは筋ちがいもはなはだしいとのお考えにて、門弟をきつく叱っておられました。そこでこたびは、お詫びのしるしにささやかな宴席を設け、双方の積もる恨みを水に流したいと主は申しております。当家からは主柳生俊方はむろん、柳生俊平も同席いたします。豊島家からは、ご父君豊島平八郎殿ならびにご子息吉十郎殿にもぜひともご列席いただきたく存ずる」

酒席は趣向を凝らし、大川に浮かべた船上に用意するという。

田所十三郎は、淡々と口上を重ねると、吉十郎らの敵意に満ちた眼差しを受け流し、無表情に平八郎の返答を待った。

――されば、折角《せっかく》のお招き、ぜひうかがおう。ただし、当方からはそれがし一人に

てまいる。

平八郎はそう応じた。

田所十三郎は不満そうな顔をしていたが、平八郎が頑《かたく》なに吉十郎の背の傷を口実に固辞すると、しかたなく応じて帰っていった。

「これで、この件も落着すればよいが」

平八郎が、やれやれと長火鉢の前に腰を落とすと、

「しかしながら父上、これは罠かもしれませぬぞ。やはり私もまいりましょう」

「なに。私ひとりでじゅうぶんだ」

平八郎は吉十郎の申し出をきっぱりと断った。血の気の多い吉十郎が同席すれば、せっかく穏便に事を収めようという柳生家側を刺激しかねない。

とはいえ、吉十郎が不安がるのも無理からぬところはあった。

傷はだいぶ癒えてきたとはいえ、まだ平八郎の右腕は自由が利かない。もし争うことにでもなれば、不利は明白である。相手は将軍家剣術指南役、数を頼んで囲まれれば、万に一つも勝ち目はなかろう。

「しかし、まこと柳生藩主の言葉かどうか、察しかねます」

美和も荷造りの手を休めて、不安そうに平八郎を見かえした。

埋蔵金をめぐる争いがようやく決着をみて、美和は、数日後、父井深宅兵衛や白井五郎太夫の待つ郷里会津に向けて発つつもりである。そのための荷づくりを、そろそろ始めているところであった。

「なに、もしものことがあれば、俊平殿があいだに立ってくれよう。剣の名流柳生宗家のご当主が、御使者を立ててお招きくだされたのだ。断れば角《かど》が立つ」

「しかしながら……」

自分の愚挙が結果的に父の危難を招いてしまったことで、その慙愧《ざんき》の念が若い吉十郎をひどく苦しめているのであった。

「もうよい。すでに返事をして、使者は帰した。それに、そこまで心配するくらいなら他流試合などせねばよかろう」

平八郎は笑って吉十郎を諭すと、美和が首をすくめて吉十郎を見た。

「でもなあ、平さん。やっぱり吉十郎さんと美和さんも一緒に行ったほうがいいんじゃねえかい」

壁の向こうの隣から、辰吉が声をかけてきた。

「一刀流の達人が三人揃って立ち向かえば、柳生のへなちょこ侍などなにするものさ。恐れるに足りねえよ」

「辰吉さん、それはできぬな。もし血の気の荒い吉十郎が顔を出せば、門弟どもも色めき立とう」

「そりゃ、そうかもしれねえが……」

辰吉は、やはり平八郎が心配でしかたないらしい。

「平さんが怪我をしていねえのなら、なんの心配もねえんだが、その腕じゃァな」

「なに、このとおり、もはや治ったも同然だ」

平八郎は、強がって左手で右の二の腕を叩いたが、たちまち唇を歪めてうずくまった。痛みがジンと全身に疾《はし》ったのである。

翌日の夕刻、平八郎は芝居の幕が降りると、早々に小屋を出て約束の場所柳橋の船宿〈千歳《ちとせ》〉に向かった。

迎えの猪牙舟《ちょきぶね》はすでに到着しており、五十がらみの船頭が舳先《へさき》を川上に向け、煙草をくゆらせていた。

船着場まで迎えに来たのは、昨夜の郎党田所十三郎である。

「こちらでござる」

案内された舟に乗りこむと、船頭が慣れた手つきで竿を使いはじめた。足の速い小舟は、大川を滑るように漕ぎ出していく。

狭い猪牙舟で、面体に夕闇の陰を宿す十三郎の姿が近い。見れば、十三郎の耳は激しい袋竹刀稽古で潰れている。道場では、かなりの手練《てだれ》と思われた。

平八郎の視線に気づき、十三郎は険しい双眸で平八郎を見かえし、また川上を睨んだ。

しばらくは、吉原通いの粋すじとの並走となる。

風が出てきたようであった。首尾《しゅび》の松を過ぎたあたりで、川風に鬢をなびかせていた十三郎が、

「あの屋形船で、主がお待ちしております」

彼方の右岸に停泊する大船を指して言った。

九間ある山一丸《やまいちまる》（八間《やま》と一間《ひとま》で九間）である。舳先から戸建《こだて》まで四間三尺。胴の間の梁間《はりま》は六尺五寸と決められている。

これだけの船を用意したからには、やはり藩主が出向いてきたのか、と平八郎はふと疑った。

「あの船には、他にどなたがおられる」

「他に若殿柳生俊平様、それに師範の檜垣又十郎が待ちかねてござる」

「ほう、俊平殿はいつ旅から戻られた」

「それは……」

十三郎は一瞬口籠もり、

「たしか三日ほど前でござった……」

言い澱んで、平八郎から顔を背けた。

(やはり嘘八百か……)

平八郎は苦笑いした。

猪牙舟が、停泊中の屋形船に滑るように近づくと、中から屈強な体軀の門弟が迎えに出た。

「こちらへ」

乗り移った平八郎を艫《とも》に誘《いざな》うと、その男がすっと平八郎の背後にまわる。

屋形の御簾が上げられており、灯り障子に人影が映っている。刀を中段に構えた男の影が、いきなり大きくなって平八郎に迫った。

平八郎が刀の柄を摑んで前に転じたのと、障子を突き破って剣尖が突き出されたのはほぼ同時であった。

身を翻し、痛みをこらえて右腕で刀を抜き払うと、平八郎は延びきった剣刃を叩き、背後から真っ向撃ちかかる門弟の刀を船縁《ふなべり》ぎりぎりにかわして岸に高く飛んだ。

ぬかるみに足をとられたが、そのまま草を摑んで土手を這いあがると、登りきった土手の上に五人ほどの人影が待ちうけていた。

月明かりを透かしてみれば、いずれも見たことのある面体の男たちである。深夜、芝居小屋前で争った柳生道場の門弟であった。

後方に控える大柄な男は、まぎれもない平八郎の右腕にひと太刀浴びせた師範の檜垣又十郎にちがいなかった。

と、川辺から平八郎を追って、さらに三人の男が駆けあがってくるのが見えた。待ちかまえていた五人とともに、バラバラと平八郎を囲む。

「柳生新陰流も落ちたものだ」

言い放ち、つっと前に踏み出せば、平八郎を囲む門弟たちの輪がわっと広がる。

ふと川原に目を転じると、停泊中の屋形船に急速に近づいてくる猪牙舟があった。男女の客が乗っている。その客が、屋根の上の船頭に向かって怒鳴っていた。

(吉十郎めか……!)

平八郎は舌打ちした。あれほど助太刀無用と言っておいたのに、美和とともに秘かに平八郎を追ってきたのであった。

船頭が、土手の上を指している。

吉十郎と美和は揃って高く飛び、土手を這いあがってきた。

二人が土手路まで駈けあがると、平八郎以上に吉十郎と美和に怯えているのか、門弟の半数がすわっとばかりに二人を囲んだ。

「そこなご師範殿――」

平八郎が、面前のひときわ大きな影に向かって声をかけた。

「ここで乱闘となり、死人でも出せば、両派に新たな遺恨が生じ、遺恨は遺恨を呼んで後々までも因果は巡ろう」

「小賢《こざか》しい」

大きな黒い影が言った。

「いや、我が流派は御当家と将軍家指南役を分けあった一刀流でござる。一刀流は力で劣る柳生新陰流の世渡り上手を皆、いたく憎んでおる」

「小癪《こしやく》なことを」

「一刀流、柳生新陰流の争いは、江戸庶民にとって格好の風評のタネとなろう。そうは思われぬか」

「なにが言いたい」

檜垣又十郎が嘲笑うように言い放ち、かまわずじりっと一歩踏み出した。

「当方とて、流名を汚しとうはない。ここはおぬしとそれがし二人だけの闘いとし、いずれが勝とうが負けようが、遺恨なしといたさぬか」

平八郎は、ゆっくりと一歩退がって影をうかがった。

「だが、当方は門弟が一人死んでいる。それでは門弟どもが承知すまい」

又十郎は、平八郎を囲む影をぐるりと見まわした。

門弟は、いずれも判断できかねるようすで顔を見合わせている。

「門弟衆、いかが。遺恨が続けば、また死人が出よう。されば、将軍家のご威光にまで傷がつくことになる。それでもよろしいか」

平八郎がぐるりと一同をねめまわすと、門弟はわっと後退った。

「そこの二人は、それでよいか」

平八郎は、吉十郎と美和に返答を促した。

「我らは、かまいませぬ」

吉十郎が短く応じた。美和は黙っている。

「されば、いたしかたない」

ややあって、平八郎を屋形船に案内した田所十三郎が低声《こごえ》で言った。

他の門弟たちも、しぶしぶ同意した。

「それで決まった。されば、ゆるりとまいろうか」

平八郎が刀の柄がしらを抑え、間合いをとって後退ると、檜垣又十郎もまたじりじりと退がって、静かに抜刀した。

又十郎は下段に、平八郎は中段に、それぞれ差料を握って対峙する。

間合い五間――。

月明かりの下、十人余がそれぞれの流派の小さな陣営をつくり、固唾《かたず》をのんで二人の対決を見守った。

と、又十郎がするすると動いて刀を撥ねあげると、平八郎めがけて一気に踏みこんでいった。

平八郎は、それを避けて後方に退がる。

背後で、吉十郎と美和の影が飛びさがった。

平八郎は、又十郎の撃ちこんで後の、燕がえしを警戒している。

と、又十郎がふたたびするする下段に刀を下げた。平八郎は押せば退がると見たか、こんどはじっと動かない。

川風が、平八郎の鬢をゆるやかになぶっていった。

平八郎は、ふたたびゆっくりと刀を移し、中段に据えた。

両者、二つの黒い影となって動かない。

いずれも、巍然《ぎぜん》として姿勢を崩さず山のように対峙《たいじ》していた。

大川をわたる彼方の屋根船に灯りが点った。

微かに又十郎の顔が揺れた。苛立ちを覚えたらしい。

平八郎は、頃はよしと見て、ゆっくりと間合いを詰めはじめた。

腰を心もち突き出し、悠然と押していく。

又十郎は、わずかに後方に退がった。

平八郎の動きが、一瞬止まったかに見えた刹那《せつな》、
やあっ！

又十郎が袴を蹴って激しく踏みこみ、刀を真一文字に殺到させると、振り下ろした刀をいきなり撥ねあげた。刃は上を向いている。

柳生新陰流の秘剣燕がえしであった。

その刹那、平八郎は流れるような軽やかさで斜め前に転じていた。

又十郎の撥ね上げた剣が、平八郎の腕元近く、触れんばかりに過《よぎ》っていった。

次の瞬間、檜垣又十郎の刀がからりと地に転がっている。

又十郎は、親指を斬り落とされていた。身を翻し撃ち下ろした平八郎の会津兼定が、片手斬りに檜垣又十郎の拳を丁と撃ったからであった。

さらに踏みこめば、あとは据え物を斬るように簡単に斬り捨てることもできたが、平八郎はそこまでのことはしない。

「ご師範殿、さきほどのお約束よろしいな」

闇にうずくまる檜垣又十郎に、平八郎が問うた。

「あい、わかった……」

檜垣又十郎は痛みに耐え、呻くように言った。

「そこの者ら、聞こえておるな」

平八郎が振りかえると、門弟たちがザワザワと蠢いた。

だが、斬りかかる勇気のある者はない。

「ご師範を手当してさしあげろ」

怒りに震える門弟の姿を尻目に、平八郎は向き直った。

「吉十郎――」

「はい、ここに」

「美和どのも。帰るといたそう」

怒気を抑えきれない門弟が一人、刀を上段に撥ねあげた。田所十三郎であった。

「ええい、やめい」

檜垣又十郎が、苦しげに十三郎に向かって叫んだ。

「勝負はついておる。見苦しい」

檜垣又十郎がかろうじてそう言った時、平八郎はすでに背を向けていた。

吉十郎も美和も、黙って平八郎の後に従いていく。

月明かりの下、門弟たちの目に、肩を並べて帰っていく三人の後ろ姿が、痛いほどに鮮やかに映っていた。

九

行春《ゆくはる》や鳥啼魚《とりなきうを》の目は泪《なみだ》

平八郎はふと、大御所の俳句の師匠其角のそのまた師匠である松尾芭蕉の句を思いかえした。俳聖が、ここ千住の宿で詠《よ》んだ別れの句である。

春霞の下、美和は土産の品で嵩《かさ》ばった道中嚢《どうちゆうのう》を担ぎ、会津に去ることとなった。

平八郎と吉十郎は、その美和を千住宿まで見送りに出ている。

細身の大小を帯び、若衆姿となった美和は、平八郎も見惚れるほどの麗しさである。

宿場を外れれば一面の葱《ねぎ》畑である。久しぶりに空は晴れわたり、上空高く鳶が孤を描いて舞っていた。

「こたびの江戸への旅はいかがでしたな」

平八郎は、宿場外れの茶屋近くで美和に声をかけた。

「はい。いろいろなことがございましたが、よい修行となりました。また、江戸の大歌舞伎をこの目で見ることができたうえ、團十郎さまや多くの人気役者の方々と接することができ、よい思い出ができました」

「美和どのは、まことお得な性分でござるな。あれだけ恐ろしい目におあいになっても、臆することがない」

「調子に乗りすぎて痛い目にもあいましたが、よい勉強になりました。これより後は、わき目を振らず剣の道に精進《しょうじん》したいと思います」

「さようか。だが、これ以上お強くなられては、それがしも太刀打ちできなくなろう。とまれ、剣の道は深い。お励みなされ」

「そのこと。溝口派一刀流も道統を後の世に伝え、さらに磨きをかけていかねばなりません」

　美和はそう言って、ちらりと吉十郎を見やった。

「はは、さようでございますな」

　平八郎は、微笑むばかりで多くを語らない。

「吉十郎、いましばしお見送りせよ。美和どのと道々、明日の溝口派一刀流を語り合うのもよかろう」

「お許しいただけるのですか」

　美和が、目を輝かせて平八郎を見かえした。

「さて、それがしにはわかりませぬ。若い者同士で、お決めになられるがよい」

「はい」

　美和は、両の頬を紅潮させて吉十郎を見つめた。平八郎が、前途を祝福してくれたように思えたのである。

　吉十郎は、まだその意味がわからないらしく、眩しそうに美和を見かえしている。

　平八郎は、ひょいとしゃがんで道端の葱を抜きとり、茎に歯を当てた。

「それでは父上、これより先は私がお見送りいたします」

「うむ。美和どの、お父上にはよしなにな」

「また、近々きっと江戸に出てまいります。私には、会津より江戸の水が合うように思えてなりませぬ」

「はは、いつでも戻っていらっしゃれ」

美和は、吉十郎と並んで歩きだした。二人の後ろ姿はそれなりに絵になっている。

美和は手を振りながら、いくどもいくども平八郎に振りかえった。

平八郎は、ふと美和を娘のように思えていとしくなったが、それでは待ちかまえる修羅の道に美和を引きこむことになろう。平八郎は、そんな思いを目を瞑って打ち消すのであった。

時代小説

二見時代小説文庫

百万石《ひゃくまんごく》のお墨付《すみつ》き　かぶき平八郎《へいはちろう》荒事始《あらごとはじめ》2

著者　麻倉一矢《あさくらかずや》

発行所　株式会社　二見書房
東京都千代田区三崎町二―一八―一一
電話　〇三―三五一五―二三一一［営業］
　　　〇三―三五一五―二三一三［編集］
振替　〇〇一七〇―四―二六三九

印刷　株式会社　堀内印刷所
製本　ナショナル製本協同組合

ISBN978－4－576－14015－5
http://www.futami.co.jp/

二見時代小説文庫

麻倉 一矢　かぶき平八郎 荒事始1～2

浅黄 斑　無茶の勘兵衛日月録1～17
八丁堀・地蔵橋留書1～2

井川 香四郎　とっくり官兵衛酔夢剣1～3
蔦屋でござる1

大久保 智弘　御庭番宰領1～7
火の砦 上・下

大谷 羊太郎　変化侍柳之介1～2

沖田 正午　将棋士お香 事件帖1～3
陰聞き屋 十兵衛1～4

風野 真知雄　大江戸定年組1～7

喜安 幸夫　はぐれ同心 闇裁き1～11

楠木 誠一郎　もぐら弦斎手控帳1～3

倉阪鬼一郎　小料理のどか屋 人情帖1～9

小杉 健治　栄次郎江戸暦1～11

佐々木裕一　公家武者 松平信平1～8

武田 櫂太郎　五城組裏三家秘帖1～3

辻堂 魁　花川戸町自身番日記1～2

花家 圭太郎　口入れ屋 人道楽帖1～3

早見 俊　目安番こって牛征史郎1～5
居眠り同心 影御用1～12

幡 大介　天下御免の信十郎1～9
大江戸三男事件帖1～5

聖 龍人　夜逃げ若殿 捕物噺1～10

氷月 葵　公事宿 裏始末1～2

藤 水名子　女剣士 美涼1～2
与力・仏の重蔵1

藤井 邦夫　柳橋の弥平次捕物噺1～5

牧 秀彦　毘沙侍降魔剣1～4
八丁堀 裏十手1～6

松乃 藍　つなぎの時蔵覚書1～4

森 詠　忘れ草秘剣帖1～4
剣客相談人1～10

森 真沙子　日本橋物語1～10
箱館奉行所始末1

吉田 雄亮　侠盗五人世直し帖1